Domination érotique et soumission
Vol. 4

Erika Sanders
Série
Collection de domination érotique

Première édition : 2025

Synopsis

Ce volume contient quatre titres BDSM romantiques et érotiques à fort contenu.

- Mieux vaut un trio 2:

Une collègue du travail de Samy flirte avec elle et les goûts sexuels de chacun ressortent.

Samy lui avoue qu'elle a déjà eu un plan à trois avec son mari, puis son petit ami, et son meilleur ami.

Il lui avoue qu'il aime l'anal.

Mais les deux se disent qu'être collègues est une honte, mais rien ne pourrait se passer entre eux.

Ou oui ?

- Le souhait de Sandy:

Sandy est une femme avec des enfants insatisfaits du plaisir que son mari lui donne au lit.

C'est pourquoi elle a un amant qui lui donne ce dont elle a besoin, mais son désir cette fois sera différent ...

- Femme dominante:

Dans un mariage normal et ennuyeux, le mari a un fantasme sur ce que ce serait pour sa femme d'être dominant au lit.

Un jour, il profite d'une question d'elle pour essayer de réaliser son fantasme et amener sa femme à prendre le contrôle du sexe.

Ou était-ce une erreur avec des conséquences que vous ne pouviez pas prévoir...?

Ou était-ce une bonne décision ...?

- Exigences pour être une bonne secrétaire (Interracial):

Gloria est une jeune brune qui cherche de toute urgence un emploi pour pouvoir quitter la maison de ses parents et payer ce dont elle a besoin.

M. Anderson est à la recherche d'un secrétaire qui répond à ses exigences uniques et exigeantes.

Gloria pourra-t-elle accepter les exigences de M. Anderson et être une bonne secrétaire...?

Mieux vaut un trio 2, Le souhait de Sandy, Femme dominante et **Exigences pour être une bonne secrétaire (Interracial)** sont des histoires à fort contenu érotique BDSM et, à leur tour, appartiennent également à la collection Erotic Domination, une série de romans à fort contenu BDSM.

(Tous les personnages ont 18 ans ou plus)

Note de l'auteure:

Erika Sanders est une écrivaine de renommée internationale, traduite dans plus de vingt langues, qui signe ses écrits les plus érotiques, loin de sa prose habituelle, de son nom de jeune fille.

Indice:

DOMINATION ÉROTIQUE ET SOUMISSION VOL.4
ERIKA SANDERS

MIEUX VAUT UN TRIO 2

CHAPITRE 1

Il flirtait avec Samy depuis un moment au travail.

J'ai toujours pensé que je pouvais être l'une des filles qui joueraient au travail, mais rien ne se passerait jamais.

C'était une journée ennuyeuse au travail et, comme d'habitude, le sujet de la conversation s'est terminé par le sexe.

Nous avions une conversation effrontée sur les fétiches et elle me racontait comment elle avait eu un plan à trois avec son mari Peter et un autre garçon, un ami de son mari, alors qu'ils sortaient encore.

Elle a fait plusieurs grimaces sexuelles en disant qu'elle aimait se faire pousser par les deux trous en même temps.

Il n'était pas sûr si elle mentait ou tout simplement effrontée.

J'ai plaisanté en disant que j'aurais aimé que nous ne travaillions pas ensemble parce que nous aurions peut-être pu avoir une sorte d'action.

Elle a accepté et a dit oui, c'était dommage.

Deux semaines plus tard, quand nous avons fini de travailler, nous sommes tous allés prendre un verre dans un pub.

Après le quatrième verre, les gens ont commencé à montrer des signes d'une mauvaise gueule de bois.

Soudain, deux des filles ont commencé à se battre.

Tout s'est terminé très vite, mais cela avait détruit l'atmosphère du groupe et la plupart des gens voulaient déjà se séparer ou rentrer chez eux.

Samy s'est tourné vers moi et m'a dit:

"Vous n'allez pas partir, n'est-ce pas?"

Pour ma part, je passais un bon moment et je voulais encore quelques verres, alors j'ai dit:

"Vous n'allez pas vous débarrasser de moi aussi facilement!"

Je suis allé au bar et j'ai commandé deux autres verres de rhum avec de la tequila.

Quand je suis revenu avec les boissons, Samy a commencé à parler du coût astronomique des boissons.

C'était cher, mais rien d'inhabituel dans des endroits comme ça.

Alors je lui ai dit et souligné qu'il faisait des histoires pour rien.

Il m'a frappé à la poitrine en disant que:

"Finissons-en et rentrons à la maison. J'ai un frigo plein de choses à boire et elles sont déjà payées."

Je pouvais voir qu'il avait un air espiègle sur son visage, mais je ne savais pas où il voulait en venir.

Je suis allé directement et j'ai demandé:

"Pourquoi? Si vous pensez ce que je pense que vous pensez, ce n'est probablement pas une bonne idée."

Elle se sentit méprisée et me regarda avec un froncement de sourcils:

"Garçon d'âge mûr! Je t'offre une boisson gratuite, idiot!"

Je me sentais comme un con complet.

Je lui ai présenté mes excuses et son visage s'est éclairé instantanément.

Il a dit que cela n'avait pas d'importance, mais que la boisson était toujours en vente.

Je n'avais vraiment pas le choix.

Je me sentais très coupable.

Nous avons fini nos verres et sommes allés trouver un taxi.

À l'arrière du taxi, je m'attendais presque à ce qu'elle succombe un peu à mon flirt ivre, mais elle est restée à ses côtés du taxi et il me semblait que j'avais vraiment une mauvaise idée de ce qui allait se passer.

CHAPITRE 2

Nous sommes arrivés chez lui et Peter a ouvert la porte avant que nous puissions l'ouvrir.

D'après ses paroles, il semble qu'il l'avait vue comme ça quelques fois auparavant.

« Tu es rentré tôt », lui dit-il, « Est-ce qu'elle s'est soûlée et a besoin de toi pour l'accompagner jusqu'à la porte de sa maison? Il m'a dit.

Samy lui lança avec espièglerie:

"Non! Pas cette fois, ha ha ha!"

Nous lui avons raconté ce qui s'était passé et il a sorti trois bières du frigo.

Samy a dit qu'elle enlèverait ses chaussures et changerait de jeans trop serrés pour qu'elle puisse s'asseoir.

Et Peter et moi avons commencé à parler de football.

Deux minutes plus tard, Samy est retourné dans la pièce portant une paire de cuissardes en cuir et un sourire.

J'ai regardé Peter et il a juste ri et a dit:

"Eh bien, je ne m'attendais pas à ça!"

Je ne pouvais vraiment pas comprendre sa réaction.

J'aurais dû être en colère ou embarrassé ou plus que ça.

Il semblait que la situation venait de changer et qu'il y aurait une scène de sexe.

En fin de compte, Samy était sans vergogne.

Mon Dieu!

J'ai regardé Samy et j'ai dit:

"Qu'es-tu en train de faire?"

Elle m'a juste souri et s'est agenouillée devant Peter, ouvrant son pantalon comme si je n'étais même pas là.

Elle a sorti sa bite, qui était déjà étonnamment grosse et dure comme de la pierre.

Il se tourna pour me regarder avec sa bite à la main et dit:

"Tu te souviens que je t'ai dit que j'avais fait ce trio? Eh bien, c'est maintenant ta chance de rejoindre, si tu veux. Tu aimes l'anal, non?"

Puis elle se retourna et prit toute la longueur de l'énorme bite de Peter dans sa bouche.

Elle ne s'est pas arrêtée.

Elle n'était pas nauséeuse.

Elle l'a avalé profondément devant moi.

Ses fesses étaient fantastiques alors qu'elle faisait glisser sa tête de haut en bas sur la grosse bite de son mari.

J'ai pris ma décision à l'époque.

Je me suis levé pour déboutonner mon jean quand elle s'est arrêtée et m'a regardé avec un sourire malicieux:

"Oh, ça semble être une bonne idée, non?"

Je lui fis un large sourire nerveux et haussai les épaules:

"Eh bien, puisque je suis là ..."

Il se leva et regarda Peter avant d'annoncer:

«Nous ferions mieux de monter», et il quitta la pièce et monta les escaliers.

J'ai regardé Peter pour m'assurer qu'il était d'accord avec tout cela.

Il pouvait voir l'inquiétude sur mon visage et sourit simplement:

«C'est génial quand elle est comme ça. C'est la salope la plus sale que tu veux que ta femme soit. Allez.

Et avec ça il a accepté de le suivre et je suis monté avec lui aussi.

CHAPITRE 3

Au moment où nous sommes arrivés là-haut, Samy était déjà allongée sur le lit sur le dos, ses jambes écartées et ses talons sur la literie.

Tout en utilisant son index pour m'appeler, elle a dit doucement:

«Viens voir à quel point je suis mouillé.

Une fois de plus, j'ai regardé Peter pour le confirmer et il a ri en déboutonnant sa chemise:

«Moi aussi tu déciderais rapidement. Tu ne les reverras plus comme ça ce soir.

J'ai dû paraître incrédule depuis qu'il a ajouté:

"Elle vous attend!"

J'ai dû sembler fou à cause de la rapidité avec laquelle j'ai enlevé mes vêtements.

J'ai tout jeté par terre et rampé jusqu'à la belle chatte qui était en vue et qui m'attendait.

Après plusieurs baisers, je levai les yeux pour voir si Samy appréciait l'attention enthousiaste qu'elle portait à sa chatte, mais Peter avait ses couilles dans la gorge.

J'ai décidé de prendre une petite bouchée de ses lèvres juteuses.

Je pouvais voir son visage se tordre de surprise et elle poussa un petit gémissement.

Au moins, elle savait que c'était là.

Peter sortit sa grosse bite de sa bouche et Samy retint son souffle avant d'attraper les côtés de ma tête pour rapprocher ma bouche de la sienne.

Puis elle m'a donné un gros baiser humide.

Sa bouche était pleine de salive en suçant l'énorme membre de Peter.

Il se détourna de mon visage et me regarda:

"Tu veux essayer quelque chose d'un peu plus extrême?"

"J'ai eu l'impression que c'était un peu pervers!" J'ai répondu.

Samy a ri et m'a tourné le dos.

Elle a tendu la main derrière moi et a tiré un morceau de corde qui était attaché dans un arc et l'a mis sur mon poignet.

Je la regardai à moitié curieuse, à moitié souriante lorsqu'elle atteignit l'autre côté et fis de même avec mon autre poupée.

Il se pencha en avant pour m'embrasser à nouveau et je ne remarquai pas que ses mains cherchaient quelque chose sous l'oreiller et tiraient un morceau de corde qui amenait mes bras jusqu'aux coins supérieurs du lit.

Puis elle s'avança pour pousser sa chatte sur mon visage.

J'ai reçu le message instantanément et j'ai commencé à lécher ses lèvres humides et trempées.

Elle a saisi l'arrière de ma tête et a commencé à frotter sa chatte contre mon visage.

J'ai senti ma bite atteindre derrière elle et commencer à la secouer.

Sa main était mouillée de sa chatte ou de sa bouche.

Il glisse habilement de haut en bas sur ma bite, l'enroulant autour.

J'ai regardé le visage de Samy et elle souriait comme un chat du Cheshire.

Mais je pouvais voir ses deux mains enfoncer ma tête dans sa chatte, et je pouvais toujours sentir la sensation de chaleur et d'excitation sur ma bite.

J'ai immédiatement réalisé que Peter était responsable de mon excitation sur sa bite.

J'ai commencé à me battre, mais j'ai réalisé que Samy me bâillonnait intentionnellement avec sa chatte humide.

J'aurais juré que sa chatte était encore plus humidifiée par mon combat.

Il a parlé à haute voix à Peter:

"Je pense qu'il aime ça, chérie."

Elle m'a regardé:

"Tu aimes les pipes, n'est-ce pas?" puis il rit presque maniaque.

Je pouvais sentir l'aspiration de plus en plus vite, et malgré ma lutte pour lâcher prise, ma bite n'était pas consciente de mes inquiétudes et était dure comme de la pierre.

Peter est descendu de ma bite et je pouvais le sentir mettre quelque chose autour de mes chevilles.

En même temps, Samy s'est détourné de mon visage et a dit:

"Ce n'était pas juste, n'est-ce pas? Tu ne savais pas que j'allais faire ça. Laisse-moi te sucer maintenant" et avec ça il se tourna pour s'accroupir sur mon visage et sur moi.

Sa bouche était chaude et humide.

J'ai commencé à me détendre un peu lorsqu'elle s'est repositionnée.

Elle a manœuvré son corps pour que son cul soit devant moi et suce ma bite.

Son visage montait et descendait sur ma bite.

Peter s'est déplacé au pied du lit et Samy a soulevé ses fesses pour rencontrer son énorme bite.

Il l'attrapa par les hanches et s'enfonça profondément en elle.

Sa bouche a couru jusqu'au fond de ma bite et quand les couilles de Peter ont commencé à faire un bruit de gifle contre sa chatte, elle a commencé à mordre la base de ma bite.

Sa langue suçait toujours le membre.

Cela m'a donné une chaleur étrange, mais j'aimais la sensation de ses dents, agissant presque comme un anneau pénien, forçant ma bite à se crisper.

J'ai regardé Peter et j'ai réalisé qu'il n'avait pas assimilé qu'il me suçait la bite.

Ce n'était pas le moment.

Les choses étaient revenues à une situation plus acceptable à ce moment.

À voix basse, elle lui dit: «Plus fort! et sa poussée est devenue plus frénétique.

Il se pencha en avant et tenait la tête de Samy sur ma bite alors qu'il commençait à la frapper.

Je pouvais voir ses gémissements et ses nausées et elle a augmenté la force en agrippant la base de ma bite avec ses dents.

Peter se retira soudainement et Samy leva la tête, haletant et s'étouffant avec sa propre salive.

Il a rampé vers moi et m'a embrassé avec sa bouche moite et humide.

Je pouvais la sentir glisser sa chatte humide de haut en bas de mon membre avant qu'il n'attrape ma bite pour la faire glisser en elle.

Sa chatte avait l'impression que quelque chose était en feu.

Elle s'est penchée en arrière et a commencé à chevaucher ma bite.

Elle m'a souri et m'a demandé:

"As-tu aimé le goût de ma chatte?"

J'acquiesçai et lui rendis le sourire.

Du coin de l'œil, j'ai vu Peter venir d'un côté, monter sur le lit et chevaucher ma poitrine.

J'ai commencé à protester, mais j'étais trop attaché.

"Arrête, ce n'est pas quelque chose que je ferais. Je ne suis pas un garçon gay!"

Peter rit et rapprocha sa bite de mon visage.

J'ai essayé de tourner la tête, mais je ne pouvais pas avoir assez de force.

Peter poussait sa bite dure dans ma bouche.

Il pouvait goûter le jus de la chatte de Samy partout.

J'ai essayé de le coller avec ma langue, mais Peter avait commencé à mettre son poids derrière sa bite pour baiser mon visage.

Peter mettait de plus en plus sa bite dans ma bouche et je pouvais l'entendre dire:

«Cela ne vous rend pas gay. Cela signifie simplement que vous participez.

Samy haleta, chevauchant de plus en plus fort ma bite:

"Non, je ne le dirai à personne dans le bureau!"

Peter a renforcé:

"C'est juste nous. Et j'ai sucé ta bite en premier."

Quelque chose en moi a cédé.

Mes inhibitions se sont évaporées et j'ai décidé qu'il était inutile de se battre et trop tard de toute façon.

J'ai commencé à essayer de sucer sa bite.

Réagit instantanément:

"C'est ça. Oh putain, ouais, suce-le!"

Samy a également réagi.

Il est descendu de ma bite et a dit à Peter:

"Baise-moi encore. Cette fois dans son visage."

Il a grimpé sur mon visage et a posé ses mains sur le mur du lit.

Quand sa chatte s'est suffisamment rapprochée, j'ai commencé à déplacer ma langue vers son clitoris.

Peter s'est repositionné derrière elle, mais au lieu de mettre sa bite dans sa chatte, il la remit dans ma bouche.

Je n'ai pas attendu cette fois.

Je l'ai sucé aussi fort que possible.

Il n'attendit pas longtemps avant de le sortir et de l'enterrer profondément dans Samy.

Elle haleta:

"Je veux qu'ils me fassent tous les deux courir!"

Peter a répondu avec ses hanches frappant un mouvement rythmique.

Ses couilles frappent les lèvres de sa chatte.

J'ai léché sa chatte avec excitation et j'ai commencé à sentir sa chatte gonfler.

Je savais ce que cela signifiait.

Elle a commencé à crier quand son orgasme se rapprochait.

"Plus fort! Baise-moi tous les deux pendant que je jouis!"

Peter a commencé à lui percuter et Samy a commencé à crier.

Son orgasme l'a frappée comme un train à grande vitesse.

Elle courait sur mon visage au moment du martèlement profond de la bite de Peter.

Malgré les sons de Samy, j'ai entendu Peter gémir bruyamment et j'ai réalisé qu'il courait aussi.

Sa résistance du moment a commencé à diminuer.

Le bruit s'est calmé.

Le corps de Samy a commencé à se détendre et Peter a lentement sorti sa bite gonflée de la chatte de Samy.

Ce faisant, Samy m'a supplié:

"Mange ma chatte, fais-moi revenir!"

Quand la bite de Peter a finalement quitté sa chatte et était sur le point de sucer à nouveau son clitoris, la puissante charge blanche de Peter a coulé sur toute ma bouche et ma langue.

Anticipant mon mécontentement, Samy me pressa le visage et dit:

"Ne t'éloigne pas! C'est ma partie préférée."

J'ai essayé d'ignorer le goût salé de son sperme et de continuer à lécher la chatte de Samy quand j'ai senti à nouveau la bouche de Peter sur ma bite.

Je suçais fort et ma bouche a soudainement travaillé plus fort sur la chatte juteuse et usée de Samy.

Elle a recommencé à grincer et à résister.

Son orgasme grandissait et le mien aussi.

Peter allait me faire jouir.

Quand cette pensée me submergea, je sentis le raz-de-marée familier de mon orgasme approcher.

Samy commençait à crier quand son orgasme la submergea.

Cela m'a encouragé à faire de même.

J'ai senti la libération de mon sperme dans la bouche de Peter sans aucune culpabilité.

J'étais sûr qu'il avait beaucoup plus de contrôle sur cette situation que moi.

Il a sucé ma bite avec gourmandise jusqu'à ce que j'aie fini.

Samy haletait fortement maintenant quand Peter se leva et l'embrassa.

J'ai réalisé que sa bouche était pleine de mon sperme qui coulait maintenant entre ses seins et son ventre aussi.

Et ce qui a suivi était inévitable.

Mon visage était coincé entre ses cuisses quand mon propre sperme a coulé sur mes lèvres.

Samy s'écarta de mon visage et se pencha pour m'embrasser profondément.

Le baiser avait le goût de sa chatte, et aussi du sperme de Peter et du mien.

Elle s'assit et soupira lourdement:

«C'était amusant, hein?

J'ai ri nerveusement et j'ai dit:

"Et bien, je n'ai jamais fait ... ... quoi que ce soit de tel auparavant. Peux-tu me détacher maintenant?"

Un grand sourire sur mon visage.

Samy rit:

"Non. On est encore loin d'avoir fini avec toi" dit-il avec un sourire plein d'anticipation qui me submergea.

CHAPITRE 4

Peter se retourna et lui sourit alors qu'il se penchait et récupéra un bâillon rouge vif dans le tiroir.

Peter a pris le bâillon avec une balle au milieu et a dit:

"Si cela vous a plu, attendez que les choses les plus extrêmes commencent ..."

Mon regard devait être à un croisement entre confus et désespéré quand Samy m'a grimacé comme quand il le faisait à un chiot qui entend sa voix la première fois.

"Oh ... regarde-le en face. Il n'a aucune idée de ce qui se passe."

Elle m'a parlé d'une voix douce:

"Nous avons un enfant ici. Tout ira bien. Vous laissez les grands garçons jouer et nous vous apprendrons à jouer au fur et à mesure."

Il a dit cela suivi d'un rire presque maniaque.

J'essayais de bien faire les choses, mais je commençais à paniquer.

Ils avaient déjà montré un mépris flagrant pour les limites qu'ils pouvaient avoir.

Et ils avaient également montré qu'ils savaient se servir des cordes!

Samy prit le bâillon de la main de Peter et me chevaucha.

Il rapprocha le bâillon de mon visage et parla à voix basse:

"Ne t'inquiète pas. Nous te dirons ce qui va se passer avant de faire quoi que ce soit. Tout est tellement amusant et nous en rirons tous au petit-déjeuner."

Je me sentis me détendre un peu et, en réponse au geste de Samy, j'ouvris la bouche pour le bâillon.

Samy me regarda à nouveau et me demanda du même ton que si vous demandiez à quelqu'un s'il voulait une tasse de thé:

"Tu veux voir comment je remplis mes fesses avec le jus de ma chatte?"

J'ai fait un gargouillis en hochant la tête et je suis sûr que vous pourriez voir un sourire sur mon visage autour du bâillon.

Elle s'est retournée et s'est mise à quatre pattes avec sa chatte juteuse et son cul à quelques centimètres de mon visage.

Il tendit la main sous sa chatte humide et la frotta jusqu'à ce que sa main soit couverte de son jus épais.

Puis il passa sa main sur le haut de son cul et répandit le jus sur tout son cul serré.

Juste quelques coups de poing et elle commençait déjà à glisser un doigt en lui.

D'abord son majeur, puis deux.

Et ils allaient plus loin à chaque coup qu'il donnait.

Il abaissa sa bouche sur ma bite molle et la fourra dans sa bouche.

Elle ne l'a pas sucé, mais a plutôt mis sa tête en coupe avec ses lèvres pour pouvoir atteindre sa chatte avec sa main libre.

En quelques secondes, elle avait trois doigts dans sa chatte et les trois mêmes doigts de l'autre main dans son cul et gémissait sur ma bite qui a miraculeusement commencé à répondre.

Comme elle devait avoir l'impression que je devenais à nouveau dur, elle regarda Peter.

J'ai presque oublié que j'étais là.

Je l'ai entendue de façon ludique demander:

"Ooh chérie, il se réveille à nouveau. Et toi?"

"Tu sais que je ne peux pas résister à la tentation de te voir quand tu touches ce joli petit cul!" il a répondu.

Samy m'a regardé:

"Tu veux le voir me baiser le cul avec sa bite?"

Encore une fois, tout ce que je pouvais accomplir était un gémissement étouffé et un signe de tête.

Peter se leva sur le lit et sans que Samy bouge du tout, sauf pour prendre ses doigts de son cul maintenant légèrement ouvert, il se plaça sur ma tête et enfouit sa grosse bite dans le trou en attendant Samy.

Elle haleta et gémit en même temps.

Il se retira lentement et commença à la baiser en rythme.

Sa bouche retourna à ma bite, mais cette fois ses gémissements étaient constants.

Cela a rendu ma bite aussi dure que si je n'étais pas venu avant.

Je ne pensais pas que c'était possible.

Samy essayait de me parler entre ses gémissements bruyants:

"Tu as dit ... ... que tu aimais l'anal ... ... veux-tu ... ... un peu de mon cul serré ... ... sur ta bite ...?"

Cette fois, je n'ai rien dit, juste un regard d'approbation et un certain assentiment.

Comme si en réponse au fait que son «tour» était terminé, Peter l'a frappé fort et s'est retiré.

Ses fesses béèrent brièvement avant de se refermer.

Samy rampa sur le lit et se retourna.

Il me regardait alors qu'il guidait ma bite dans son cul.

J'espérais que ce serait moins serré après les coups de poing que Peter lui avait donnés, mais c'était comme un étau sur ma bite.

Elle a poussé tout le chemin jusqu'à ce que je la remplisse à la base de ma bite.

"Est-ce que ça te fait du bien autant que moi?"

Je ne pouvais que hocher la tête alors qu'elle se déplaçait autour de la base de ma bite.

Samy se pencha et frotta son clitoris.

Je pouvais entendre à quel point elle était mouillée.

Elle a gardé un contact visuel avec moi en levant sa main maintenant trempée et en goûtant son propre jus.

Elle a lentement commencé à bouger ma bite.

Pas de haut en bas, mais un mouvement circulaire.

Peter était sorti du lit et s'était manœuvré derrière Samy.

Il l'attrapa par les cheveux et força son visage vers le mien.

Je ne pouvais pas dire ce qui se passait, mais j'ai remarqué que le cul de Samy semblait être incroyablement tendu et que son visage montrait la tension de la bite de Peter forçant son chemin avec le mien.

Il a demandé doucement, "Est-ce que ça va, bébé?" et elle hocha vaguement la tête.

Il caressa lentement sa bite dans et hors de son cul. Je pouvais aussi le sentir glisser sur mon membre.

Le mouvement rythmique était incroyable.

Samy s'est penché sur mon cou quand le coup de poing de Peter est devenu plus dur et m'a mordu l'épaule quand elle a atteint un niveau palpitant.

Samy se frottait à nouveau la chatte et ses gémissements devenaient de plus en plus forts.

Elle a commencé à résister et je pouvais sentir la bite de Peter sortir quand le corps de Samy a perdu le contrôle sous la vague de l'orgasme.

Elle a soulevé son corps de ma bite puis a mis tout son poids sur moi.

Je pouvais l'entendre chuchoter à mon oreille, "Alors tu aimes l'anal?"

Elle leva la tête pour me regarder et j'essayai de sourire autour du bâillon alors qu'elle hochait la tête.

Elle lui rendit le sourire et se pencha en arrière pour continuer à chuchoter:

«Je me souviens que tu disais que tu avais une copine qui t'avait mis le doigt dans le cul. Je me souviens aussi avoir dit que tu t'en fichais. Vilain garçon! Tu veux que je suce le jus de ta bite pendant que je touche ton cul?

Je ne pouvais pas croire ce que j'entendais.

Il avait apprécié ça avant.

J'avais même secrètement acheté un plug anal pendant un certain temps pour un usage personnel, mais je ne me souviens pas en avoir parlé à Samy.

Ce flirt au bureau a dû parfois dériver vers d'autres sujets lorsqu'il n'y prêtait pas attention.

Mon regard était suffisant pour Samy.

"Ne t'inquiète pas, je vais le prendre pour un" oui "."

Elle glissa lourdement son corps le long du mien.

Elle devait encore ressentir les effets de son orgasme.

Il s'est mis sur ma bite et a regardé Peter.

"Chérie, donne-moi un peu de lubrifiant."

Il ne fit aucun mouvement en soulevant une bouteille de lubrifiant de la commode et en versa un peu sur la main qui attendait Samy.

C'était chaud quand il l'a enduit sur mes fesses.

Samy n'a même pas regardé Peter quand il a dit:

«Chérie, peux-tu lever tes jambes pour moi?

Ils étaient toujours noués depuis le moment où je suis allé me coucher.

Encore une fois, Peter fit ce qu'on lui avait dit sans manquer de sang-froid.

Il tendit la main sous le lit et, juste au moment où cela sonne, lâcha les cordes qui retenaient mes chevilles et les tenait toutes les deux, une à chaque extrémité de ce qui ressemblait à un manche de balai.

Puis il tendit la main vers la longue barre qui gardait mes jambes écartées.

Je soulevais mes jambes avec pour attacher la barre à un morceau de corde qui était attaché à un crochet au plafond que je n'avais même pas remarqué auparavant.

Maintenant il était couché sur le dos, les mains liées et les jambes en l'air, grandes ouvertes.

Samy a presque crié quand elle s'est exclamée:

"Oh oui! Ce sera tellement plus facile!"

Il a frotté le lubrifiant sur mon anus et s'est penché pour lécher ma bite.

C'était si bon d'avoir sa bouche chaude sur ma bite alors que son doigt reposait lentement de plus en plus profondément dans mes fesses.

Je ne pouvais pas en être sûr, mais je pense qu'elle m'a regardé joyeusement quand elle a annoncé que son doigt était complètement à l'intérieur,

"Je vais en essayer deux!"

Il a poussé un deuxième doigt et a été surpris de constater qu'au lieu de me faire mal ou d'être mal à l'aise, cela ne faisait qu'augmenter l'intensité de mon plaisir.

Peut-être que j'avais utilisé mon propre connecteur de bout plus que je ne le pensais.

J'entendis à nouveau Samy gémir et réalisai qu'elle avait fermé les yeux.

J'ai regardé Samy et j'ai pu voir que Peter avait de nouveau trouvé une bonne place derrière elle.

Il entrait et sortait lentement d'elle.

Je ne pouvais pas dire dans quel trou c'était, mais d'après les gémissements de Samy, je soupçonnais que c'était dans ses fesses.

Sa poussée devenait de plus en plus dure sur mes fesses, mais la sensation s'améliora au fur et à mesure.

Je gémissais quand elle me regarda, sortit ma bite de sa bouche et haleta:

"C'est déjà trois doigts! Sale garçon. Peut-être qu'un gode serait mieux pour toi. Il n'est probablement même pas aussi gros que trois doigts. Essayons-le!"

Il n'était pas en mesure de protester.

Au sens propre!

Sans même s'arrêter, Peter se pencha derrière lui dans le tiroir de la commode, l'ouvrit et en sortit un long gode en latex.

Ce n'était pas très épais, mais c'était clairement un double gode.

Samy me rassura rapidement:

"Ne t'inquiète pas, je ne mettrai pas tout ça dedans."

Elle a enduit plus de lubrifiant sur mes fesses et sans hésitation, l'a mis en moi.

Samy me baisait le cul avec un gode et c'était comme le paradis.

Il ne suçait même pas ma bite et c'était toujours le paradis.

Elle gémissait bruyamment quand je l'ai entendue dire:

"OMG, tu as six pouces, mauvais garçon!"

Je ne pouvais pas y croire, mais je pouvais sentir les longs coups du gode sur et hors de mon cul.

Puis elle le retira, poussa Peter loin d'elle, se leva et annonça:

"Je ai une idée!"

Peter eut l'air confus quand elle se mit sur la pointe des pieds et lui murmura quelque chose à l'oreille.

Un grand sourire apparut sur son visage.

J'ai ressenti une vague d'anxiété.

Ces deux-là avaient beaucoup planifié ce soir et maintenant il sortait même joueur pour eux.

Samy retourna dans le tiroir d'où venait le gode et en sortit un bandage.

Il me l'a apporté et s'est assis sur le lit à côté de moi.

"Je veux laisser vos sens prendre le dessus. En détournant les yeux les yeux bandés, votre sens du sentiment vous orbitera! Faites-moi confiance."

Je ne l'ai pas fait.

Il a mis le bandeau sur moi et je me suis retrouvé à lever la tête pour que la sangle soit derrière.

Tout le bon sens que je m'étais dit de protester, mais mon corps me criait de «simplement l'accepter».

Samy bougea à nouveau et essayait de sentir ce qui se passait quand je pouvais sentir Samy lécher ma bite.

Cela a été confirmé lorsque je l'ai entendue demander:

"N'est-ce pas mieux?"

Je gémis un bruit affirmatif et elle me fit goulûment une pipe bâclée.

Je sentis sa main autour de mes fesses et ses doigts sonder mon trou.

Elle ne pouvait pas entendre Peter, mais elle pouvait sentir le poids du lit bouger avec l'un d'eux se déplaçant sur elle.

Samy a arrêté de sucer ma bite et je pouvais sentir l'un d'eux près de mes fesses exposées.

"Si vous avez aimé le gode ..." dit Samy.

Quelques secondes passèrent quand je sentis mon cul se frotter avant de réaliser ce qui se passait.

Peter commençait à pousser sa grosse bite en moi.

Il l'avait vu de près comme il l'avait fait, en détruisant les fesses de Samy.

Il voulait les arrêter, mais il était ligoté comme une dinde, les yeux bandés et luttant contre un sentiment de plaisir écrasant.

Mon corps était au paradis alors que ma psyché essayait de se rebeller de toute la situation.

Sa bite était plus large que le gode et commençait à entrer en rythme lorsque Samy a parlé:

"Détends-toi. Tu sais que ça fait du bien. Laisse-moi te sucer la bite pendant qu'il te baise et je parie que ça se sentira si bien que" tu viendras en un rien de temps! "

Et elle l'a fait.

Elle était en train de sucer ma bite avec beaucoup d'enthousiasme, exactement comme elle le ressentait.

Les premières douleurs d'un orgasme imminent me sont venues.

La confusion dans ma tête était comme un maelström de vrai, faux, gay, hétéro, tabou et plaisir.

J'allais jouir avec la bite d'un homme dans mon cul.

Et j'allais en profiter.

Que cela me plaise ou non.

La bite de Peter bougeait maintenant si fort et si vite que je pouvais sentir ses couilles me frapper et il tombait jusqu'à la garde à chaque coup.

Samy avait également augmenté sa vitesse.

Je m'approchais.

Je pouvais sentir mon corps commencer à vaciller alors que je gémissais et quand ils l'entendirent tous les deux, ils passèrent tous les deux à la vitesse supérieure.

Peter gémissait en baisant sauvagement mon anus.

Samy gémissait sur ma bite.

Sans doute frottant sa chatte furieusement.

Mon corps a secoué fort et j'ai fusionné avec moi-même à ce moment-là alors que j'avais le meilleur orgasme de ma vie.

Mon cul et ma bite, en même temps, étaient les épicentres de l'orgasme qui m'a frappé.

Samy a resserré sa bouche autour de ma bite et j'ai tiré ma deuxième charge de la nuit.

Alors que ma perception de mon environnement se réorientait, je sentis Peter glisser lentement de mon derrière.

Samy bougeait autour de ma tête pour enlever le bâillon.

Quand il est sorti de ma bouche, j'ai eu envie de haleter, mais je pouvais la sentir là-bas essayer de m'embrasser.

J'ai ouvert la bouche et sa langue a envahi ma bouche avec une bouchée de mon propre sperme.

Je ne savais pas quoi faire.

Elle a gardé la bouche fermée pendant un moment de plus avant de lever la tête et je pouvais sentir mon sperme couler sur le côté de mon visage.

Après cela, un moment de silence suivit.

Samy a d'abord parlé à Peter:

"As-tu joui? Sur ses fesses? Oh bébé! C'est la première fois."

Et puis à moi:

"Je parie que tu n'es jamais venu pendant que ton cul était baisé avant, hein?"

Je n'avais même pas remarqué.

Dans mon propre enthousiasme, la course de Peter avait été un spectacle parallèle que je ne connaissais même pas.

J'ai senti un mouvement et j'ai réalisé que Peter décrochait mes jambes.

Samy avait déménagé pour m'aider à détacher mes poignets.

Ce faisant, j'ai enlevé le bandage.

Il a fallu une seconde à mes yeux pour s'adapter.

Ils souriaient tous les deux.

Enfin j'ai eu l'occasion de parler:

"Vous êtes tous les deux fous!"

Mes mots trahis par mon incapacité à garder un sourire sur mon visage.

Samy a été le premier à répondre:

"Il y a une morale à cette histoire. Ne dites pas" non "alors qu'il serait préférable de dire" oui ""."

Peter rit:

"Quel genre de merde philosophique est-ce?"

"Je ne sais pas. Je viens de l'inventer."

Samy m'a regardé et a dit:

«Les serviettes sont là sur l'étagère», et il désigna la porte de la salle de bain.

Elle regarda Peter:

"Une tasse de thé?" et je souris.

Peter a simplement répondu:

"C'est bien".

CHAPITRE 5

Je me suis douché et j'ai essayé de mettre de l'ordre dans mes pensées.

Quand je me suis séché et habillé, je suis descendu et je les ai trouvés tous les deux dans la cuisine.

Mon thé sur le comptoir.

"Nous avons commandé un taxi pour vous. Vous devriez être ici dans dix minutes." Peter a dit

En dix minutes, le taxi est arrivé.

Ils m'ont souhaité une bonne nuit comme si je venais de venir prendre une tasse de thé.

Samy me fit un clin d'œil et je montai dans le taxi.

C'était mon premier trio avec un homme.

FIN

LE SOUHAIT DE SANDY

"Je t'attendrai dans la chambre d'hôtel habituelle ce soir, j'ai besoin de toi."

Sandy raccroche le téléphone à Sam, anticipant nerveusement sa grande soirée.

Vous n'avez jamais pris de mesures aussi audacieuses avec aucun autre amoureux.

Bien qu'exigeant et affamé comme un loup, aucun homme n'a touché ses passions les plus profondes comme le fait cet amant.

Et quand elle le lui dit provisoirement, à son grand plaisir, il y est réceptif.

Son esprit est devenu fou.

Cet amant peut-il vraiment lui donner ce dont elle aspire?

Dans sa routine quotidienne, Sam est un homme puissant et prospère, un homme qui dans son monde s'arrête tous pour l'écouter.

Et dans son monde, Sandy est une mère mariée tranquille de banlieue, également écoutée, mais uniquement par de jeunes enfants.

Elle veut le contrôle et le respect presque aussi fortement qu'il veut que quelqu'un prenne soin de lui.

Quelqu'un pour prendre ses responsabilités.

Quelqu'un pour soulager la pression d'être toujours en charge.

* * *

Sandy se tient devant la porte de la chambre d'hôtel, sachant qu'il l'attend à l'intérieur.

Frappe nerveusement à la porte.

Invoquant son courage et se souvenant de ses fantasmes, elle joue un peu son rôle.

"Ouvre la porte maintenant, ou je rentre à la maison."

Sam sourit à la voix de son amant qui lui ordonne.

Elle peut presque entendre le rire musical qui accompagne la majeure partie de son discours, sachant que lui dans sa vie, en général, la fait rire et cela en particulier est un changement de rythme pour elle donc elle doit exploser de joie.

Lorsque la porte s'ouvre, elle évite un sourire.

Il lui sourit et ses yeux transpercent les siens dans une tentative involontaire de lutter pour le contrôle de la situation.

«Pas ce soir, Sam. Pas ce soir. Ce soir, je suis en charge, pas toi. Enlève tout et va te coucher. Maintenant chouchoute-moi ou je vais y aller.

Sandy prononce ces mots avec une confiance croissante.

Sa voix résonne fermement.

Debout, les pieds fermement plantés sur le sol, Sandy le regarde se déshabiller.

Chaque vêtement qu'il enlève révèle un peu plus son physique incroyable.

SENSATIONNEL.

Comme elle l'aime.

«Maintenant, allonge-toi sur le lit. Et ne bouge pas, Sam, ou je vais y aller. Je suis sérieux.

Sandy semble sérieuse et ferme, son premier exercice de contrôle, et l'excitation grandit à chaque minute.

Il s'allonge sur le lit, sa masculinité, pour le moment lâche, grandit lentement, créant une ligne perpendiculaire à son corps allongé.

"Vos yeux sur moi. Regardez-moi."

Sandy est debout au pied du lit, son amant nu devant elle.

Tout en retirant chaque vêtement très lentement et délibérément.

Tirant lentement sa chemise sur sa tête, il s'arrête devant lui.

Son décolleté dépasse des bonnets du soutien-gorge noir, essayant faiblement de maintenir ses seins en place.

Sa taille fine est recouverte d'un corset noir, noué sur le devant pour souligner ses courbes.

Lentement, elle enlève sa jupe, pouce par pouce, révélant un minuscule string de perles noires et de délicats nœuds, également noirs, sur chaque hanche.

Se retournant pour qu'il la regarde en arrière, elle déboutonne lentement son soutien-gorge pour que ses seins se balancent librement sur son corset, sorti de sa prison provisoire.

Sandy soupire de plaisir.

Le dos à son amant, elle tourne la tête sur son épaule et l'avertit à nouveau:

"Ne bouge pas".

Se retournant, lentement, et lui exposant ses délicieux seins, elle tient le soutien-gorge dans ses mains.

Le jetant vers le lit, il tombe sur son genou.

La dentelle du soutien-gorge chatouille son genou et elle se penche pour l'enlever.

Sandy le regarde sévèrement:

"C'est votre premier avertissement. Ne bougez pas. Vous savez très bien ce qui se passera si vous le faites."

Alors qu'il s'efforce de rester immobile, il sent que le soutien-gorge le met mal à l'aise, lui chatouille le genou.

Il est de plus en plus conscient de sa présence.

Sa peau pique du désir de se gratter.

Alors que leurs regards continuent de se rencontrer, Sandy tire lentement sur les liens sur les côtés de son string noir, le dénouant.

Pendant ce temps, il tombe au sol, avec les autres vêtements.

Debout, maintenant entièrement nue à l'exception du corset, Sandy lève lentement son genou gauche du pied du lit au matelas, sur le point de ramper vers lui.

Levant l'autre genou, elle est à ses pieds.

Avec ses mains tendues vers l'avant, son corps se balance légèrement avec une luxure incontrôlée.

Elle se balance sur ses genoux, imitant son désir de chevaucher sa bite dure, tout en la regardant dans les yeux avec convoitise.

Sam est allongé là, prêt à garder ses mains à ses côtés, luttant contre l'envie de prendre le contrôle de ce beau sexe chaton au pied de son lit.

Il se rappelle combien de temps ils ont attendu pour consommer correctement ce fantasme, et il veut le réaliser dans les moindres détails.

Il se tortille avec impatience, se rappelant que s'il bouge, il ruinera ce délicieux jeu.

Son sexe est constant et Sandy ne peut s'empêcher de remarquer à quel point il est absolument appétissant.

Léchant ses lèvres de manière suggestive, il rencontre son regard, remarquant la sueur qui se forme sur sa lèvre supérieure.

Alors qu'il lutte pour suivre ses souhaits pour cette nuit.

Elle s'arrête et se rend compte que son soutien-gorge frôle toujours son genou, sachant que le tissu doit le rendre fou.

Heureusement pour lui, elle le soulève de son genou.

Mais ensuite, elle fait passer le tissu en maille et le lacer lentement le long de sa cuisse, sur son aine, en caressant légèrement sa peau, jusqu'à ce qu'elle le jette finalement derrière elle dans la pile de vêtements jetés au pied du lit.

Glissant son corps gracieusement, elle amène sa bouche à quelques centimètres de la sienne.

En regardant ses lèvres, elle sait que c'est la bouche qu'elle embrasse avec passion brute, avec tant de faim.

Elle sait qu'il lutte contre ses vœux les plus forts de ne pas rester assis et de la dévorer avec sa bouche.

Assise sur sa poitrine, soutenant son corps avec ses jambes fortes, sa chatte consentante et sa peau exubérante lui frôlent le torse.

À califourchon sur lui, elle lui demande doucement:

"Voudriez-vous me tester?"

Tremblant, sachant qu'ils ont complètement échangé le pouvoir pour cette nuit-là, il ne peut que hocher la tête.

En réponse à son assentiment, Sandy passe son majeur sur sa fente dégoulinante, se levant légèrement pour qu'il la regarde.

Avec son doigt luisant de son jus, il le passe sous son nez, sans toucher sa peau.

«Peux-tu me sentir, Sam?

Il acquiesce à nouveau.

«Voudriez-vous me tester, Sam?

Sandy absorbe pleinement son rôle de responsable et aime le tenter et le taquiner, sachant qu'à la fin de la nuit, ils auront vécu quelque chose d'entièrement nouveau.

Sandy touche sa lèvre supérieure tremblante avec son doigt, le nourrissant de son jus comme une oasis dans le désert.

Alors qu'il passe son doigt sur ses lèvres, elle se penche en avant, alors ses seins se balancent et frôlent sa poitrine pendant qu'il le fait.

Tirant la langue, il ne lèche que ses lèvres, partage son jus, savoure ses lèvres, se retient de le dévorer, sachant qu'une fois qu'il l'embrasse, il perd le contrôle qu'il a travaillé si dur pour atteindre.

Les lèvres serrées lorsqu'elle se touchait, Sandy retrouva rapidement sa légère perte de sang-froid.

Passant son doigt entre ses dents, il lèche son essence.

Ses yeux et lui ne se séparent jamais et avec leur regard ils se sont déjà baisés des milliers de fois avant même que leurs parties du corps ne convergent.

Glissant un peu sur son torse, ses fesses jouent avec sa bite dressée alors que ses fesses enveloppent sa virilité lancinante alors qu'il lutte pour pousser entre ses jambes.

Elle continue de glisser en arrière, sa fleur chaude et chaude frôlant le bout de sa verge dure, le tentant et le taquinant avec sa chaleur.

Elle glisse le long de ses jambes, qu'il a du mal à retenir, jusqu'à ce que sa bouche atteigne son énorme boner.

Glissant lentement le bout de sa langue entre ses lèvres, Sandy lui lèche la tête, mais rien de plus.

Son amant a du mal à s'enfoncer profondément dans sa gorge, mais elle refuse de succomber à son désir de le faire taire avec sa bouche.

Au lieu de cela, elle le tourmente lentement, se contentant de le lécher comme un cornet de crème glacée, savourant la tête arrondie de sa queue.

«Tu en veux plus, Sam? Demande doucement Sandy.

"Euh hein," une réponse étranglée sort de sa gorge.

«J'ai besoin que tu me montres ce que tu veux. Montre-moi ce que je dois faire de ta bouche.

Quand Sandy dit cela, elle glisse son corps de sa bite dans sa bouche, où elle plante sa chatte dégoulinante à côté de sa bouche.

«Montre-moi comment tu aimes être léché. J'ai besoin d'apprendre et tu es le seul à savoir ce dont tu as le plus besoin.

Sandy chevauche sa bouche directement, saisissant le côté de sa tête à deux mains, guidant sa tête vers l'avant pour amener sa bouche et sa chatte en contact direct.

"Mange-moi. Montre-moi combien tu m'aimes."

Quand elle lui ordonne de faire cela, Sandy relâche sa tête et se penche en arrière sur ses bras, amenant sa chatte à sa bouche.

Basculant la tête en arrière en extase, elle se rend compte que son amant profite pleinement de son jeu de rôle à nouveau alors qu'il lui fait tourner la chatte avidement, sachant que s'il fait du bon travail, les récompenses seront immenses.

Passant sa langue sur ses lèvres, ouvrant sa fleur, suçant son clitoris, elle se sent alternativement plus incroyable dans sa bouche affamée.

Il continue de la lécher jusqu'à ce que son excitation tombe sur son menton.

Il tend la main pour attraper ses hanches et elle recule rapidement.

"Je vous ai dit de ne pas bouger. C'est votre deuxième avertissement."

Alors qu'elle retire rapidement sa chatte de sa bouche, elle regarde le regard perplexe dans les yeux de son amant.

Incapable de rester entièrement sur le papier, Sandy se penche en avant et lèche doucement le jus de son visage, embrassant ses joues et le regardant dans les yeux pour qu'il comprenne qu'elle joue vraiment le jeu, mais que rien ne l'en éloignera vraiment. il.

Après avoir léché sa bouche, le rappel de sa propre excitation lui fait presque perdre le contrôle.

Tremblante de garder son rôle, elle s'éloigne rapidement de lui et descend du lit pour regarder son amant allongé là, attendant son prochain mouvement.

Son sexe brille là où elle a léché sa tête, mais elle remarque une petite goutte de liquide pré-séminal poussant de la pointe.

«Sam, on dirait que tu es très excité. Peux-tu m'en parler?

«Tu me rends fou, Sandy. C'est la torture la plus douce que j'aie jamais connue.

«Eh bien Sam, la patience a ses récompenses et je veux que nous apprenions quelque chose tous les deux. Et je ne suis pas près de te mettre fin.

En disant cela, elle se sort rapidement du lit et se penche pour donner à son amant une vue de son cul merveilleusement arrondi.

Il gémit vigoureusement, sachant qu'il n'a qu'à regarder.

Elle sort quelque chose de son sac et se retourne en tenant un petit objet, mais avec un poing fermé, évidemment, parce qu'elle n'est pas prête à le voir.

«Fermez les yeux», ordonne-t-il.

Chaque partie de leur volonté est testée car les seules restrictions et interdictions qu'ils utilisent pour ce jeu de rôle sont purement mentales.

Il a choisi de ne pas bouger ou d'ouvrir les yeux simplement parce que Sandy l'a demandé.

Il sent son corps s'installer à côté du sien et le matelas bouge légèrement, car elle a dû s'asseoir à côté de lui.

Sa petite main touche la tête de sa queue, son doigt frottant le liquide pré-séminal autour du sommet.

«Sam, on dirait que tu es prêt à exploser. Mais je suis prêt pour ça. Mais ne t'inquiète pas et n'ouvre pas les yeux ou ne bouge pas.

Le silence est assourdissant puisque le seul bruit dans la pièce est sa respiration de plus en plus laborieuse.

Sandy attrape sa bite d'une main, et de l'autre glisse quelque chose sur sa tête, un anneau de métal froid qui fait frissonner son corps et faire trembler son dos.

Elle fait glisser l'anneau jusqu'à la base de sa queue, et son pouls se contracte.

Immédiatement, il se sent plus fort et enflé.

"Ouvre tes yeux."

Son amant ouvre les yeux et attrape un éclair de métal et un roulement à la base de son érection massive.

«Un cockring, hein?

«C'est mon farceur de sécurité, Sam. J'ai beaucoup de choses à faire avec toi et je ne veux pas que ça s'arrête avant de commencer. Peux-tu le sentir?

"Oui, c'est serré."

"Ce est inconfortable?"

"Non, juste différent."

Son amant avale, un peu nerveusement, de n'avoir jamais utilisé aucun jouet pour adulte.

"Le roulement est conçu pour me donner du plaisir. Je vais voir ce que ça fait. Restez immobile."

Sandy apprécie son jeu de contrôle et son excitation commence à atteindre son apogée.

Son jus chaud coule librement, donc tout ce qu'il a à faire est de le chevaucher et de descendre sur lui, ce qui le remplit immédiatement de son énorme bite.

Il se penche en avant, faisant rouler le roulement sur son clitoris.

Son corps réchauffe immédiatement le métal froid et elle se presse de manière suggestive contre son point magique alors qu'elle se balance en avant.

Son membre se cambre légèrement alors qu'elle se serre dans le roulement.

Il saisit ses poignets avec ses petites mains, bien que toute forme de retenue ne soit que symbolique, car il pourrait facilement la vaincre.

Votre jeu n'est pas vraiment une question de pouvoir.

Elle se présente simplement comme l'agresseur, l'héroïne conquérante.

Avec un clin d'œil rusé de compréhension tacite entre eux, leur plaisir mutuel s'intensifie.

"C'est ce que je veux, Sam. Peux-tu me sentir? Peux-tu sentir à quel point tu me rends chaud?"

Sandy se mord la lèvre inférieure en appuyant plus fort.

Les parois de son vagin se resserrent, agrippant le membre de Sam avec une domination possessive.

Elle se lève plus haut, serrant son membre alors qu'il sent le cockring restreindre son excitation, la rendant plus difficile.

Sam grimace alors que son instinct est de jeter ses hanches sauvagement dans les profondeurs de ses charmes féminins.

Mais se souvenant qu'il a déjà deux mises en garde, il a du mal à se retenir.

Sandy glisse jusqu'au sommet de sa queue, avec seulement sa tête en elle et reste parfaitement immobile, prête à le libérer ou à l'entourer.

Le moment de tension se prolonge lorsque Sandy reste parfaitement immobile.

«Sam, est-ce que tu aimes ça? Est-ce que tu aimes le jeu de ton amant? Peux-tu me suivre à nouveau?

Les taquineries ludiques de Sandy font vibrer Sam quand il se rend compte qu'il ne peut franchir la ligne qu'une seule fois.

Au lieu de lui répondre, il lève les hanches et enfonce son membre viril et palpitant en elle.

Le roulement de l'anneau de marteau roule sur son clitoris et il lui sourit avec espièglerie,

"Trois avertissements m'envoient à la banque?"

Sandy sursaute un instant, prête à garder le contrôle et sourit à Sam:

"Analogie avec le baseball, hein? Je dirais que c'est un mauvais avertissement. Allons pour un autre terrain."

Sandy continue de tenir le poignet de Sam avec une sorte de fausse prise alors qu'elle s'éloigne à contrecœur de lui.

En y regardant, la prémisse du jeu perd soudainement de l'importance.

Elle veut que cet homme pénètre en elle et perd parfois sa volonté.

"Je pense que je dois vérifier avec le lanceur", dit Sandy, tout en gardant l'analogie avec le baseball vivante, mais se penche pour embrasser Sam.

Pressant sa bouche contre la sienne, elle gémit avec luxure, alors que le jeu de rôle s'évapore rapidement.

À bout de souffle, elle se sépare de lui.

"Baise-moi maintenant. C'est mon ordre, Sam."

Sam sourit à son Sandy et poussa un soupir de soulagement.

"Avec ou sans ce truc?"

Sam montre le cockring avec curiosité.

Avec cela, jusqu'à ce que vous soyez sur le point de jouir, je vous l'enlève. "

Sandy se tourne sur le dos et ouvre ses jambes avec une invitation séduisante.

«Sam, souviens-toi que je suis toujours en charge, et je veux que tu me baises avec ta bouche.

«Heureusement, ma maîtresse. Heureusement. Maintenant, c'est à votre tour de rester immobile.

Alors que Sandy écarte les jambes, Sam se tient entre elles et se tord avidement avec sa langue entre elles, sentant le nectar. glisse sur sa langue, reconnaissant de son excitation.

Alors qu'il lèche sa fleur ouverte, faisant les cent pas autour d'elle, Sandy gémit avec un désir primitif.

Sandy se perd dans les sensations de la langue de Sam et flotte vers un endroit loin de sa chambre d'hôtel.

Attrapant sa tête, elle l'invite silencieusement à rejoindre son voyage extatique.

Sam mesure ses réponses et sait qu'il est au bord de son orgasme.

Il glisse son corps vers le haut, son goût toujours sur ses lèvres.

Alors qu'il enfonce sa bite en elle, il l'embrasse profondément sur la bouche.

En y pénétrant facilement, Sam sent ses murs tremblants l'entourer.

Elle sent son anneau contre son clitoris alors que Sam se pousse encore et encore, lui montrant qu'il en faut deux, pas un, pour faire l'amour.

Elle plie ses jambes en arrière jusqu'à ce qu'elles reposent sur les épaules de Sam, et il la pénètre complètement.

Son corps est plein de lui, son clitoris le chatouille et elle ressent toute la profondeur de sa féminité.

Sam consume son visage, son cou et ses épaules avec ses baisers.

"Oh sam"

Sam accélère son rythme, sachant que son Sandy est très proche de l'apogée.

Elle commence à remuer et il se souvient de la prémisse de la nuit.

«Êtes-vous prête, ma maîtresse?

"Je le suis."

S'arrêtant un instant, Sam se retire de Sandy.

Elle attrape sa bite, saturée de son jus, et roule le cockring.

La boule métallique arrondie trace un chemin invisible le long de sa queue.

Tenant la bague brillante dans sa paume, elle sourit au symbole de leur extase mutuelle.

Sandy met l'anneau à sa bouche et lèche la circonférence, sans jamais quitter les yeux de Sam.

Tenant l'anneau entre ses dents, elle se penche vers Sam alors qu'il la sort de ses dents, pour le jeter sur le lit.

«Tu es si belle que rien ne peut m'empêcher de vouloir être en toi, de toutes les manières.

«Prends-moi, mon amant.

Sans plus de mots, Sam enfonce son érection furieuse dans l'ouverture affamée de Sandy.

Elle le salue presque à l'intérieur avec un cri de bienvenue.

À plusieurs reprises, il la bouscule sauvagement, encore et encore.

Sandy gémit avec une passion incontrôlable.

"Mmmmmmmmmmmmm, Sam. Oh chérie. Alors, alors, plus fort, tellement."

"Oh bébé Sandy, je t'aime tellement."

«Allez Sam, plus dur.

Sam s'arrête un instant, se tirant hors de la chaleur de Sandy.

«Sandy, je suis prêt à exploser. Es-tu prêt?

"J'étais prêt pour toi au moment où tu es entré, Sam."

Quand Sandy dit cela, elle s'accroupit, guidant Sam vers son ouverture impatiente.

D'un mouvement rapide, Sam se dirige vers Sandy et serre les dents.

Enterrer sa bite palpitante au fond d'elle.

Elle gémit comme une femme qui a soudainement été remplie de tout ce dont elle a besoin.

"Oh Sam, tu l'as toujours énorme pour moi."

«Pourquoi ton mari ne l'a-t-il pas préparé pour toi. Je me suis mentalement réfléchi toute la journée. J'ai adoré te voir prendre le contrôle.

"C'est vrai que ça n'a pas été le cas, et j'aime partager ce que tu as avec moi."

Les amoureux arrêtent de parler et commencent à avancer plus vite, tous deux si dangereusement proches de leur paroxysme.

Sam pousse à plusieurs reprises et Sandy se lève pour répondre à chacun de ses coups alors qu'ils valsent dans une joie primitive.

"Oh Sam, viens avec moi ... je suis déjà là ..."

Sandy halète et se tord alors que son visage se tord avec une passion incontrôlée alors que des vagues de muscles contractés s'emparent d'elle et rayonnent de plaisir à travers son corps.

«Oh Sandy ...»

Le corps de Sam se raidit et il la prend dans ses bras alors qu'il transfère toute son énergie de sa bite palpitante au corps accueillant de Sandy.

Son lait coule vers elle, tandis que son jus coule autour de sa grosse bite, dans une extase liquide.

S'effondrant tous les deux à bout de souffle sur le matelas, ils se tiennent la main tandis que leur cœur bat lentement.

"C'était bien mieux que les poudres rapides habituelles, tu ne penses pas?" Sam sourit méchamment à Sandy.

"Oh oui, et le voyage de mon mari a été utile. Pour que nous puissions mieux profiter de notre chambre."

«Eh bien chérie, je ne voulais vraiment pas dépenser toute ma passion accumulée pour coucher ma femme. Je voulais tout te donner.

«Et je voulais que vous me donniez tout. Je dirais que nous avons eu notre souhait, non?

"Oui. Et nous avons encore le temps d'en faire plus puisque ma femme ne m'attend pas bientôt à la maison... »

"Brillant! Nous allons devoir remettre cette bite savoureuse à fond », dit Sandy en se penchant pour lécher à nouveau sa bite ...

.

FIN

FEMME DOMINANTE

CHAPITRE 1

Tout avait commencé innocemment.

J'avais toujours fantasmé sur ma femme prenant plus de contrôle au lit, et quand elle a demandé si elle pouvait m'attacher, j'ai sauté sur l'occasion.

Il a sorti certaines de mes vieilles cravates du placard et m'a attachée les jambes ouvertes au lit.

Puis au lieu de me chevaucher, il m'a bandé les yeux.

C'était bien, pas ce à quoi je m'attendais, mais c'était une délicate attention.

Enfin mon souhait fut exaucé, mais il me sembla que j'avais oublié quelque chose.

Quelque chose d'assez important.

Comme je l'ai dit, j'avais toujours fantasmé sur la prise de contrôle de ma femme.

Je n'avais jamais imaginé qu'elle serait si douée pour ça.

Elle me taquinait sans relâche, me suçant durement puis glissant son sexe juteux sur ma poitrine et de nouveau dans ma bouche pour que je le mange, pinçant tout le temps mes tétons ou claquant ma bite contre mon ventre.

«S'il vous plaît Maîtresse, j'ai besoin de venir. J'en ai vraiment besoin maintenant.

Il n'était pas sûr du moment où il avait commencé à l'appeler Maîtresse pendant les matchs du soir, mais cela semblait beaucoup plus facile maintenant que cela avait commencé.

"Mmmmm ... est-ce que l'esclave est excité? Veut-il être baisé?"

Je n'ai même pas eu le temps de m'interroger sur son changement de ton ou sur comment elle m'appelait, car il y avait une intrusion qu'il n'aurait pas dû y avoir.

Elle enfonçait un doigt lubrifié dans mon cul serré, quelque chose que personne n'avait fait auparavant.

"Non-euh-huh," grognai-je, essayant de l'arrêter, mais il était trop tard.

Il a poussé son doigt de sonde à fond, puis a commencé à le pousser dans et hors de mon cul.

Plus je le faisais, plus je réalisais que ce n'était pas aussi grave que je le pensais.

Je me sentais rassasié mais à chaque fois que je le retirais, j'avais l'impression que je devais aller aux toilettes.

Mais une fois que je m'en suis remis, je me sentais plutôt bien.

Bon sang, de qui plaisantait-il, ça faisait vraiment du bien.

«L'esclave aime ça, non? Demanda ma femme.

C'était difficile à admettre, mais j'ai hoché la tête.

"Oui..."

Elle retira ses doigts.

J'ai prié pour qu'il recommence et se masturbe en même temps.

Mais au lieu de cela, je l'ai entendue presser un peu plus de lubrifiant et lubrifier à nouveau l'entrée de mon cul.

"Est-ce que l'esclave veut deux doigts dans le cul?" elle a demandé.

Je n'ai jamais entendu ma femme parler sale avant.

Sauf les rares fois où elle était proche de l'orgasme et elle m'a dit de baiser sa chatte.

Même alors, il doutait, comme s'il avait peur de dire un mot aussi malicieux.

Cette nouvelle attitude était totalement inattendue.

Après des années à dominer, c'était un énorme changement d'être soudainement la personne dont les limites étaient repoussées.

C'était érotique, oui, mais c'était aussi un peu effrayant.

"Oui," répondis-je.

"L'esclave doit dire" Oui, faites-le, Maîtresse ""

Pourquoi a-t-il continué à m'appeler l'esclave?

Ce doit être une sorte de jeu de rôle.

C'était un peu effrayant et inconfortable, mais pas assez pour soulager mon besoin de me libérer.

"Oui, l'esclave le veut, Maîtresse," dis-je.

Elle a poussé ses doigts à l'intérieur de moi.

Avant, je me sentais rassasié et c'était un peu étrange, mais cette fois, c'était comme si j'étais étiré... élargi.

Et quand il a commencé à me baiser, je pouvais entendre les sons humides de ses doigts lubrifiés entrer en moi.

Cela m'a fait me sentir un peu sale.

Je savais qu'en quelque sorte j'abandonnais plus que ma virginité anale, parce que le sentiment de contrôle que j'avais était totalement le sien.

J'ai fait de mon mieux pour empêcher mon corps de réagir.

J'ai essayé d'arrêter les grognements et les gémissements qui voulaient sortir de ma bouche, j'ai essayé d'arrêter la poussée de mes hanches et la propagation de mes jambes, mais tout cela était inutile.

"Quelle salope. L'esclave adore ça, n'est-ce pas? L'esclave adore se faire enculer. Il adore être" utilisé "."

"Oui," admis-je, incapable de m'empêcher de lutter contre la situation, acceptant le rôle qu'il m'a donné et m'ouvrant à ses doigts.

Avant longtemps, il la poussait contre elle.

"L'esclave adore ça. L'esclave veut venir", lui ai-je supplié.

Ma femme a gardé ses doigts immobiles et j'ai continué à bouger contre elle du mieux que je pouvais malgré mes contraintes.

Je savais ce que je faisais.

Il admettait qu'il l'aimait.

Qu'elle ne me forçait pas.

Et je m'en fichais.

"L'esclave adore ça. Ma salope adore ça dans son cul sale, non?"

"Oui, l'esclave le veut."

Elle a touché ma bite.

"L'esclave a du mal. C'est une pute pour avoir voulu ça. Je parie qu'il veut venir maintenant."

"Mmmm" gémis-je. "L'esclave veut vraiment venir maintenant."

"Mais qu'est-ce que l'esclave ferait quelque chose pour jouir, hmmmm?" elle a demandé.

"QUOI QUE CE SOIT!" J'ai gémi.

"Quoi que ce soit?" elle a demandé. «L'esclave est-il en sécurité?

"Oui," il était presque essoufflé. "L'esclave est très sûr."

«Est-ce que tu laisserais l'amant de ta maîtresse te baiser? Nous laisserais-tu le faire ici avec l'esclave dans la pièce?

CHAPITRE 2

WOW, c'était assez déroutant.

J'étais l'amant de ma femme, non?

Et la maison était vide, non?

Un jeu... ça devait être ça.

"Oui madame," répondis-je.

Elle sortit du lit, sortit de la chambre et me laissa toujours envie.

J'ai entendu le bruit sourd de parler à quelqu'un.

Il ne pouvait y avoir personne d'autre.

Il était sûr que la maison était vide.

Mais s'il était vide, à qui parlait-il?

J'aurais aimé ne pas avoir les yeux bandés.

La pièce devint soudain très froide et le jeu ne ressemblait plus autant à un jeu.

Mon impuissance et la situation dans laquelle je me trouvais ont finalement touché mon âme.

La porte s'ouvrit et je fis de mon mieux pour fermer mes jambes afin de protéger toute modestie restante.

«Le voici», dit ma femme. "Comme je te l'ai dit. La salope qui aime se faire enculer."

J'ai réalisé ce que j'avais oublié plus tôt: un mot sûr.

Je n'en avais pas.

Ma femme avait mentionné avoir baisé son amant, mais d'après ce qu'elle disait, je pourrais être celui qui se fait baiser.

J'ai cassé.

Même si c'était un jeu, c'était devenu trop intense.

J'ai tiré sur mes attaches.

"Chérie," l'implorai-je.

C'était difficile pour moi de respirer.

J'ai commencé à verser des larmes absorbées par la cravate qui couvrait mes yeux.

"Shhhh," dit-il en me caressant, me rassurant. «Le renard a-t-il peur?

"Oui," admis-je.

Il pouvait respirer un peu plus facilement maintenant, mais il tremblait toujours.

Heureusement, ma femme a enlevé le bandeau.

J'ai regardé dans la pièce.

Il n'y avait personne d'autre là-bas.

"Mieux?" elle a demandé.

"Oui," soupirai-je de soulagement.

"Bien," dit-elle en montant sur le lit et en chevauchant mon visage.

Mais son sexe était hors de ma portée.

Elle écarta les lèvres mouillées de son sexe et glissa un doigt à l'intérieur, se baisant, jouant avec moi, me taquinant, se demandant à quel point je le voulais.

Puis il a gardé son sexe ouvert en l'abaissant à ma bouche en attendant.

Cependant, quand j'ai essayé de l'embrasser et de lui donner du plaisir, elle s'est éloignée en riant.

"Ecoute," dit-il à personne en particulier. "Je vous ai dit que j'étais une pute. Mon propre petit esclave faible."

Il a poussé un doigt mouillé dans ma bouche.

J'étais trempé dans sa saveur.

Je l'ai sucé, le laissant propre pendant que je le poussais dans et hors de mes lèvres.

"Oui, c'est mon 'esclave faible', non?" m'a-t-elle demandé, comme si elle parlait à un bébé.

«Je suis, je veux dire que je suis votre esclave, Maîtresse,» répondis-je.

"L'esclave réchauffe sa maîtresse et lui fait vouloir la grosse bite de son amant."

Ma femme est venue.

Je m'attendais à sentir sa main s'enrouler autour de ma bite et me branler pendant que je lui faisais plaisir, mais à la place, quand sa main revint, elle contenait quelque chose que je ne savais pas que j'avais: un gode!

Et pas n'importe quel gode non plus.

Il était grand.

Beaucoup plus gros que ma bite et c'était noir.

Il l'embrassa, puis le frotta entre ses seins et le glissa enfin d'avant en arrière entre les lèvres de son sexe.

"Dieu, j'ai hâte de sentir ta grosse bite dans ma chatte," dit-il, puis il mit le gode à mes lèvres. "Suce la bite de mon putain d'amant. Rends-la difficile pour ta maîtresse."

J'ai regardé dans les yeux de ma femme, m'attendant presque à voir un sourire.

Un sourire qui m'aurait tué, mais n'était pas là.

Au lieu de cela, ses yeux se plissèrent de plaisir.

J'ai écarté mes lèvres et l'ai sucé, savourant le latex et le musc de son sexe.

Il l'a pompé dans et hors de ma bouche pendant quelques minutes et sur mes lèvres pendant qu'il l'embrassait.

"Ma maîtresse est aussi la putain de bite de l'esclave, non?"

Je ne pouvais pas répondre, mais le gode dans ma bouche en disait long.

"Il est prêt maintenant, ne sois pas gourmande petite salope." dit-elle en le sortant de ma bouche. "Je vais le libérer maintenant. Est-ce qu'il va être un bon esclave de sa Maîtresse?"

"Oui Maîtresse," répondis-je en déliant mes liens.

"Souviens-toi juste de CELA", dit-il en montrant ma bite, "Cela m'appartient."

Quand j'étais libre, elle m'a déplacé au milieu du lit, toujours sur le dos.

Une fois sur place, elle monta sur mon visage puis tendit la main derrière elle et poussa le gode vers son sexe.

"Oh mon Dieu," haleta-t-elle en le poussant à l'intérieur. "Quelle bite. Umm-mmm-tellement gros."

J'étais momentanément jaloux.

Oui, jaloux d'un objet inanimé.

De ma position, je pouvais voir qu'il l'étirait et la remplissait d'une manière que je ne pourrais jamais.

J'ai essayé de ne pas laisser cela me déranger alors que je fustigeais son clitoris avec ma langue avec un enthousiasme renouvelé.

"Regarde," dit-il en parlant à son amant imaginaire. "Ecoute, je t'ai dit que la petite salope voulait te regarder me baiser. Oh, mon amour, ta bite est si grosse et c'est si bon. Tu vas me faire jouir, tu vas me faire jouir sur son visage."

Elle cria de plaisir et son corps se tendit.

Elle pressa son sexe contre ma bouche avec une force écrasante, alors qu'elle me frappait.

"Putain, baise, baise, baise."

Elle a sorti le gode de son sexe, et a couvert ma bouche avec l'ouverture de son sexe.

«Goûte mon lait, bois-le», ordonna-t-il.

Tout en buvant bien d'elle, elle a pompé ma bite.

Quand j'ai secoué mes hanches en réponse, j'ai senti le gode se presser contre mes fesses.

"Écarte les jambes, salope. Donnez-vous à mon amant," demanda ma femme.

Il n'était pas prêt pour ça et il allait trop loin.

«Faites-en une pute», dit-il.

Sa voix n'admettait pas la désobéissance.

J'écarte les jambes.

Non seulement il m'a traité de pute, mais je me sentais aussi comme telle.

Il a poussé le gode contre mon cul, essayant de le forcer.

Cela ne marcherait pas.

J'ai essayé de me détendre.

J'ai essayé de le supporter, mais c'était trop gros et ça faisait trop mal.

Je criais à chaque fois qu'elle poussait.

"C'est trop gros pour l'esclave, n'est-ce pas?" elle a demandé avec sympathie. "C'est une bite trop grosse pour son petit cul sale."

J'acquiesçai, soulagé.

Mon cul brûlait toujours.

"Dis-le!" demanda.

Quand j'ai voulu que ma femme prenne le contrôle, je n'y avais pas pensé.

Il était censé m'attacher et ensuite faire ce que je voulais qu'il fasse.

Au lieu de cela, elle me faisait faire ce «qu'elle» voulait faire et dire ce «qu'elle» voulait que je dise.

«Il est, il est trop grand», mon Dieu, c'était difficile à dire.

Cela m'avait presque plus foutu de l'admettre qu'autre chose, mais je savais que je ne pouvais pas le supporter.

"C'est trop gros pour mes fesses sales."

Heureusement, il posa le gode et pressa ses doigts contre mon trou plissé.

Ils ont glissé facilement.

Je gémis en réponse.

"Mais mon esclave aime les doigts de sa Maîtresse, n'est-ce pas? Il doit écarter les jambes plus largement et les sortir du chemin de sa Maîtresse."

"Oui, l'esclave aime beaucoup mieux ainsi."

J'ai fait ce qu'elle a dit, plaçant mes mains derrière mes genoux et tirant mes jambes contre ma poitrine.

«Plus», dit-elle. "Laisse-le moi."

Je me suis levé un peu plus.

Mes fesses ont quitté le lit.

Je pouvais facilement voir comment elle pompait ma bite d'une main et me caressait le cul de l'autre.

"Oh ouais, c'est ça. Laisse-moi faire." Elle m'a regardé comme si elle m'appartenait. "Tout est à moi, non?"

"Umm ouais," grognai-je.

"Est-ce que l'esclave se sent comme une pute?" elle a demandé. "Est-ce qu'il se sent comme" ma "pute?"

Je me sentais comme une pute.

Aucun homme digne de ce nom ne serait dans la situation où il se trouvait.

Pire encore, j'ai adoré.

"Oui," grognai-je en réponse.

Était-ce mon imagination ou était-ce ma voix la plus élevée?

"Oui, mon esclave ressemble à une pute et sonne même comme une pute. Comment pourrait-il ne pas se sentir comme une pute?" dit-elle, et je gémis en réponse. "Tu le veux, non, salope. Et il va me donner tout son sperme, non? Oh ouais, il veut tellement jouir, mais que ferait mon esclave pour jouir?" Dit-il, libérant ma bite et faisant rouler mes couilles enflées dans sa main, tout en continuant à sonder mon anus.

"N'importe quoi," répondis-je et je le pensais.

Mes couilles semblaient exploser.

«Mon esclave boirait-il le sperme de l'amant de sa maîtresse? Nettoyerait-il sa bite sale?

"Oui! S'il vous plaît, n'importe quoi, s'il vous plaît, laissez-moi venir"

"Alors gémis à ce sujet, salope."

"Ugh, oh ouais!" Ai-je supplié en réponse.

Elle a tenu ma bite par la base et a joué contre le fond, me taquinant.

"Les salopes ne se plaignent pas comme ça. Et elle a dit qu'elle était ma salope, non?"

"Oui. Oui ... je ... Elle est ... ta pute," répondis-je et j'ai été récompensée par un petit baiser sur la tête de ma bite.

Je me suis armé à l'intérieur.

Puis-je vraiment faire ça?

Que penserait ma femme de moi quand je le ferais?

Comment serait notre relation plus tard?

Je n'ai pas pu l'éviter.

"Mmmmmm" gémis-je doucement.

Ce n'était pas un gémissement très masculin.

C'était loin de là.

C'était le gémissement d'une femme.

Le genre que j'avais entendu, pas de ma femme, mais en regardant des cassettes sexuelles.

Elle m'a récompensé en suçant la tête de ma bite dans sa bouche puis en la retirant à nouveau.

"C'est mieux, mais Elle peut faire mieux que ça, non?"

Je pouvais sentir le sperme bouillir à l'intérieur de moi.

"Mmmmm- uuhhhhh" grognai-je plus fort.

Elle a enlevé sa bouche de ma bite avec un bang.

"Oui, c'est ça. C'est le genre de son qu'une chienne fait. C'est le genre de son que ta Maîtresse veut entendre, mais ta Maîtresse en veut plus avant de laisser venir son esclave. Elle veut tout le paquet."

Le paquet entier?

Que voulait-elle?

C'était très difficile à penser.

Mon corps était en feu.

J'avais désespérément envie de venir.

J'ai pensé à certaines des cassettes pornographiques que je regardais.

Quelle fille était la meilleure?

Qu'est-ce que je pensais être la plus grosse salope?

Ce qu'elle a fait?

Je me suis souvenu de la cassette et je me suis souvenu de la fille, une blonde maigre.

On aurait dit qu'ils la tuaient en se faisant baiser, mais elle a fait de son mieux.

Elle écarta les jambes et les tira en arrière à chaque poussée.

Elle se mordit la lèvre, jouait avec ses tétons, suçait son doigt.

Elle a parlé sale.

Elle était une couineuse.

Mais cher Seigneur, pourrais-je faire cela?

Étais-je même sûr que c'était ce que ma maîtresse, je veux dire, ma femme voulait?

J'ai prié pour que ce soit le cas.

"Mmmmmm, baise-moi. Donne-le moi fort."

J'ai écarté mes jambes, me donnant à elle, et mordu ma lèvre inférieure.

Il espérait que c'était ce qu'elle voulait.

Si ce n'était pas le cas, je me serais encore plus ridiculisé.

Je l'ai senti ajouter un autre doigt aux deux avec lesquels il me collait déjà le cul et il a sucé ma bite avec sa bouche.

C'était «ce qu'elle voulait».

Et j'ai découvert que je pouvais lui donner.

C'était facile une fois que j'ai commencé.

J'ai pincé mes tétons.

Je me suis mordu la lèvre.

Je me suis poussé sur ses doigts.

J'ai parlé sale.

Oh mon Dieu, je déteste l'admettre, mais j'ai même crié.

Elle a pompé son visage de haut en bas sur ma bite par petits coups qui ont suivi le rythme des doigts qui pompaient mon cul.

Monter et descendre, entrer et sortir, avec moi pleurant à chaque poussée.

"Ugh-Ugh-Ugh. Oh mon Dieu, mmmmmmmmmm, je vais venir!" J'ai crié.

Mes couilles se sont contractées, pompant du sperme chaud, et mes cris ont été noyés par son sexe, alors qu'il se penchait à nouveau sur moi.

J'avais l'impression que mon âme s'échappait dans de puissantes explosions de ma bite alors que tout était aspiré dans la belle cavité de sa bouche.

CHAPITRE 3

Quand j'ai fini, j'étais faible, étourdi et étendu sur le lit comme un drap froissé.

Elle grimpa sur mon corps et me chevaucha, s'agenouillant et piégeant mes bras sous ses genoux.

Elle sourit, ses yeux brillants de puissance et de désir.

Mon sperme brillait entre ses lèvres contre le rouge peint de son rouge à lèvres.

Il souleva le gode et le plaça sous sa bouche.

Son sourire est devenu méchant alors que ses lèvres se pincèrent et que mon sperme s'échappa de sa bouche en une longue mèche, atterrissant sur sa bite noire et coulant sur sa longueur.

"Suce-le esclave. Laisse mon amant jouir dans ta bouche."

Je n'ai pas voulu le faire.

J'aurais probablement été anxieux il y a quelques instants, même quand j'ai dit que je le ferais.

Mais maintenant, ce n'était plus le cas.

J'étais satisfait et le jeu devrait être terminé.

Je ne voulais plus jouer.

«L'esclave a promis, n'est-ce pas?

Mon sperme s'éloignait déjà de la tête du coq, formant une longue mèche vers mes lèvres.

Il allait me frapper de toute façon, non?

Alors, comment aurais-je l'air avec mon sperme sur mon visage?

J'ai ouvert la bouche.

La chaîne de sperme entrée.

"Oui ..." siffla ma femme, les yeux flamboyants. "Oui, c'est ça. Laisse mon amant entrer dans ta bouche ... mais ne l'avale pas, pas encore."

Ma femme a poussé sa bite entre mes lèvres.

Je pouvais goûter le goût amer de mon sperme contre le goût du latex sur ma bite.

Ce n'était pas la première fois que je l'essayais.

Mais avoir une bouchée de sperme coincée entre mes dents et recouvrir le gode en caoutchouc était loin de goûter accidentellement mes restes des lèvres de ma femme après avoir reçu une fellation.

La main de ma femme est allée à son entrejambe, les doigts se sont retournés sur son clitoris.

"Mon Dieu, tu es si sexy, ma petite esclave wimp!" gémit-elle. « Tellement sale. Petite salope.

Elle a pompé le gode dans et hors de ma bouche.

"Tu vas me faire revenir," haleta-t-il, sortant le gode de ma bouche et le jetant de côté. "Ouvre ta bouche. Ouvre-la en avalant du sperme et laisse-moi le voir, laisse-moi voir le sperme de mon amant."

J'ai ouvert la bouche et mis le sperme sur ma langue.

Ma femme se raidit, son bassin gonflé lorsqu'elle eut un orgasme.

Elle m'a attrapé avec ses bras et ses jambes, me serrant étroitement dans ses bras.

Elle m'a embrassé avidement et nous avons fait passer mon sperme d'avant en arrière, en échangeant.

Elle s'est effondrée sur moi et n'a pas bougé.

Moi non plus.

Nos deux corps s'emmêlaient comme une sorte de puzzle en sueur.

J'étais épuisé et ça faisait mal.

Mais c'était une bonne douleur.

Je me demandais ce qui s'était passé et comment cela affecterait notre relation.

Cela avait été incroyable.

Je ne suis jamais venu comme ça de ma vie.

Je me suis demandé s'il avait été un vrai amoureux.

L'auriez-vous déjà apprécié?

Je me demandais si elle voulait recommencer.

Je me suis posé des questions sur beaucoup de choses.

Ma femme a sorti sa tête de ma poitrine.

"Wow," dit-elle.

C'était le euphémisme de l'année, mais je me sentais tellement plus sûr de moi à l'époque.

"Wow tu as raison." J'ai répondu.

Elle sourit, pas un mauvais sourire comme avant, mais un peu espiègle et si ce n'était pas mon imagination, peut-être un peu timide aussi.

« Pensez-vous que la prochaine fois que nous pourrons voir si mon amant a un ami qu'il peut amener, peut-être quelqu'un qui est un peu plus petit pour vous ?

C'était incroyable de voir à quel point il pouvait dire calmement ces choses qui pouvaient signifier un certain nombre de choses.

Mais quoi qu'elle veuille dire, elle connaissait la réponse qu'elle voulait donner:

"Ce serait bien," répondis-je.

"Mmmmm ..." elle m'embrassa à nouveau. "Vous êtes très sale."

FIN

EXIGENCES POUR ÊTRE UNE BONNE SECRÉTAIRE (INTERRACIAL)

CHAPITRE 1

C'était excitant de voir la jeune aspirante secrétaire noire assise devant mon bureau, surtout en sachant ce que je savais d'elle.

Les vêtements qu'elle portait étaient en polyester bon marché dans l'un de ces magasins discount.

C'était la même chose qu'il portait lors de sa première interview, sauf qu'il avait une chemise différente.

Elle avait une belle paire de seins et elle avait l'air très douce, très innocente.

Il était assis modestement les jambes croisées, ses jointures sombres, mais un peu blanchâtres, étaient visibles par ses mains jointes et son pied se balançant nerveusement.

Chaque fois qu'elle écarta les mains, c'était pour insérer un piercing lâche qui ne semblait jamais rester en place derrière son oreille.

Il a regardé autour de mon bureau pour tout comprendre, mais il s'est rarement arrêté pour me regarder dans les yeux.

J'étais clairement nerveux.

Et elle avait parfaitement le droit d'être.

CHAPITRE 2

"Gloria, je pense que je suis prêt à vous proposer une offre d'emploi, mais il y a une irrégularité dans votre candidature dont nous devons d'abord discuter", dis-je.

Ses yeux verts s'écarquillèrent comme des soucoupes et se déplaçaient d'un côté à l'autre encore plus nerveux.

Elle déglutit.

«Oh, qu'est-ce que c'est?

"Eh bien, vous voyez," lui dis-je. "Il est venu à mon attention qu'il y en a, nous les appellerons des irrégularités, que vous n'avez pas mentionnées dans votre candidature. Par exemple, la question sur la deuxième page de savoir si vous avez déjà été condamné pour un crime auquel vous avez répondu dit non. Cependant, Lorsque j'ai vérifié vos antécédents, il s'est avéré que vous aviez été reconnu coupable de vol à l'étalage. Qu'avez-vous fait? Pensez-vous que je ne vérifierais pas? "

Il essaya sans succès de retenir ses larmes.

"S'il vous plaît," dit-elle. "J'ai essayé d'être honnête avant. Mais je n'ai même pas eu d'interview quand ils le voient. J'avais des moments difficiles dans ma vie et j'ai reçu des conseils pour lui ...".

«Vol», je l'ai aiguillonnée.

Ses joues sont devenues cramoisies.

"Oui. Et cela ne se reproduira plus jamais."

Elle secoua la tête comme pour dire non, pas comment, pas moi.

Il gémissait presque maintenant, un geste émotionnel, ce qui était agréable.

Je trouve que les femmes sont beaucoup plus faciles à gérer après avoir bien pleuré.

Aussi chevaleresque que je suis, j'ai ouvert mon tiroir et lui ai donné une boîte de mouchoirs.

"Merci," dit-il en s'essuyant le nez et les joues.

"C'est bien," dis-je. "Toi et moi parlons comme ça ... pour faire sortir toute la merde. Parce que c'est ce qui va se passer à partir de maintenant: Honnêteté totale. Pensez-vous que vous pouvez faire ça? Soyez complètement honnête?"

"Oui." Les larmes séchaient déjà.

Elle était toujours jolie même avec son maquillage en cours d'exécution.

"Depuis combien de temps cherchez-vous du travail?"

"Deux ans."

"Comment joindre les deux bouts? Petit ami ou parents?"

"Parents".

«Est-ce que c'est le seul vêtement professionnel que vous ayez?

"Oui..." Il baissa les yeux et frotta sa main sur le tissu brillant comme pour le faire disparaître. "Désolé."

"Il n'y a rien à regretter," dis-je. «Ecoute, je vais être honnête avec toi. La situation est contre toi. Quelqu'un d'autre peut venir ici et avec beaucoup moins que ce que tu as sur le questionnaire, obtenir beaucoup plus que ce que tu aurais jamais, si tu vois ce que je veux dire. Moi, par exemple. Je ne suis pas très grand et j'étais presque chauve au lycée. Pensez-vous que je n'ai pas eu à me gratter, à me coucher et à trébucher dans cette situation? Laissez-moi vous dire. J'ai dû travailler cinq fois plus fort que si j'avais été plus grande et plus dirigeante. C'était tentant d'abandonner tant de fois, mais j'avais un objectif en tête. "

Ses yeux étonnés.

Les gémissements et peut-être mon discours l'ont probablement fait se sentir plutôt positive à ce stade.

Et elle aurait besoin de toute la positivité qu'elle pourrait supporter.

«Alors Gloria, laisse-moi te poser une question. Es-tu prête à avoir un objectif en tête?

"Oui monsieur."

Elle gonfla fièrement sa poitrine, me laissant jeter un joli regard sur ses seins ivoire pulpeux.

"Oui, je le suis," finit-il.

"Bien. Tu as de grandes choses pour toi que je n'ai jamais eues. D'une part, tu as de grands yeux verts et une paire de lèvres sexy. Des lèvres qui ... enfin, honnêtement, des lèvres que les hommes appellent des lèvres. ils sont faits pour sucer. "

Les grands yeux verts montrèrent à nouveau la stupéfaction, mais ils étaient toujours jolis.

Les lèvres, les lèvres me rendaient encore plus dure, comme un rocher.

Il attrapa son portefeuille en cuir sur mon bureau et se leva.

«Pose ça, Gloria, et reste à ta place. Nous sommes honnêtes ici, n'est-ce pas? Deux adultes. Toi et moi. Réponds maintenant à une question. As-tu déjà fait une pipe avant?

"Ouais, mais c'était-c'était-c'était avec mon petit ami."

«Et elle avait probablement l'air beaucoup mieux que moi. Eh bien, j'ai déjà embauché des filles. Des filles qui étaient mieux notées. Des filles qui n'avaient pas de prieur. Des filles qui n'ont rien volé. Tu vois où je vais ici?

Il se rassit, serrant désespérément le portefeuille.

"Oui monsieur."

"Bien. Alors ne soyons pas plus innocents ici, ni comme toi avec moi. Toi et moi ne sommes pas si différents. Maintenant tu me comprends?"

"Non," réussit-il à prononcer.

"Peux-tu me dire ce qui ne va pas avec ça? Je suis propre. Je n'ai aucune maladie. Je ne m'attends pas à du sexe. Juste un peu de miel pour mes yeux qui m'excitera et une pipe rapide ... et c'est tout."

Eh bien, je n'étais pas complètement honnête ici.

Je m'attendrais à des fellations, beaucoup d'entre elles, et bien faites, même professionnellement.

Et des bonbons pour les yeux.

Attention, elle est un bonbon pour les yeux.

Elle regardait sur le côté.

Je pensais à ce qui était bien.

"Pas de sexe?" elle a demandé.

"C'est vrai. Pas de sexe. Juste une pipe rapide, tout comme le président des États-Unis. Le sexe est surfait de toute façon. Je préfère les pipes. Avec le sexe, il faut se soucier des préliminaires et de toute la carrière. . Avec le sexe, vous devez vous soucier des baisers, de l'amour et des câlins après. Avec les pipes, les choses sont beaucoup plus simples. Les pipes ne sont que pour le plaisir. Les pipes vous permettent de conserver votre pouvoir. Vous pouvez recevoir une pipe presque n'importe où et ça Plus important encore, je n'ai jamais eu de mauvaise pipe.

Il n'arrêtait pas de réfléchir, mais il n'avait pas dit non.

Elle avait juste besoin de lui pour bien le vendre.

Et je suis doué pour vendre des choses.

"Ecoute, pense juste à ça comme un tremplin. Cela te fera sortir de la maison de tes parents et de toi-même. Tu auras aussi un travail et tu sais ce qu'ils disent. C'est plus facile de trouver un autre travail quand tu as un travail."

Il cligna des yeux sur la dernière larme et regarda mon entrejambe.

"Vas-tu vraiment me donner le poste?"

Je voulais sourire.

J'avais envie de rire.

Elle achetait tout le lot.

J'ai fait de mon mieux pour contenir mes émotions.

«Je te l'ai dit, n'est-ce pas?

"D'accord ... d'accord, je vais le faire."

"Bien. Pourquoi ne fermez-vous pas la porte et ne le faites pas?"

"Maintenant?" elle a demandé incrédule.

"C'est vrai. Nous ne sommes pas amis. Nous ne sommes pas amoureux. C'est juste une relation d'affaires. Que pensez-vous que je vais faire, prendre la parole d'un voleur condamné ?"

"Mais il y a des gens là-bas."

« Et la porte sera fermée », lui dis-je. "Regarde, prends tes affaires et va ou leve-toi et ferme la porte."

Elle se leva, ferma la porte et resta là, stupéfaite.

Jésus, ça n'allait pas être aussi difficile que je ne le pensais.

CHAPITRE 3

"Maintenant, viens ici. C'est ma fille. Non, tu ne t'assois pas. Donne-moi d'abord un petit spectacle ... des bonbons pour les yeux pour me mettre dans l'ambiance."

Il était déjà dur, mais il voulait qu'elle travaille pour ça.

"Je ne comprends pas."

Elle a très bien compris.

Il avait juste besoin d'être dit, il voulait que ce soit mon idée.

"Tu sais, un petit strip-tease. Rien d'extraordinaire. Un petit show, rien de compliqué, un éclair de culotte, et montre-moi tes seins. Mettez-moi dans l'ambiance, fille. Sinon, vous serez là toute la journée."

Elle fit une tentative pathétique de montrer un petit bouton de cuisse et de ventre.

Mon érection s'estompait.

"Ecoute, tu ferais mieux de commencer à prendre ça au sérieux. Je pourrais commencer avec vingt mille ou trente mille," dis-je. "Pensez-y."

Cela a fait la différence.

Elle n'était pas bonne, mais avec le temps, elle apprendrait.

Il en savait assez pour bouger ses hanches et frotter ses mains sur son corps.

Elle m'a donné un aperçu de sa culotte en coton blanc.

J'ai fait la grimace.

Elle rougit.

"Ces culottes devront disparaître. Pas maintenant, mais on vous demandera de porter quelque chose de beaucoup plus sexy à partir de maintenant."

Lentement, elle déboutonna son chemisier.

«D'où vient tes sous-vêtements, des soldes? Non, ne réponds pas à ça. Allez, enlève-le. Tu pourrais aussi acheter quelque chose que tu peux décrocher de l'avant, parce que je vais vouloir voir tes seins à chaque fois que tu m'excites.

Elle ôta son chemisier et le posa soigneusement sur la table.

Puis elle retira les bretelles du soutien-gorge de ses épaules et essaya timidement de se retourner.

"Ne reviens pas" dis-je "Je veux bien te voir."

Elle tordit le soutien-gorge et décrocha le fermoir.

Ses seins étaient gros avec des aréoles dodues et inégales et de longs mamelons pointus.

Mmmm, mes favoris.

Si elle était ma petite amie, elle les aurait embrassés.

Mais les choses sont comme elles étaient, alors pourquoi se donner la peine d'y penser?

Je me suis penché en arrière sur ma chaise et j'ai écarté les jambes.

"Sors ma bite."

Il a sorti ma bite de mon pantalon et l'a tenue dans sa main, la pompant lentement.

"Tu connais la différence entre une pipe et une branlette, n'est-ce pas Gloria?"

Il regarda le coq dans sa main et hocha la tête.

"Embrasse-le de haut en bas. C'est une fille. Regarde-moi le faire pour que je puisse voir ces jolis yeux verts."

Elle leva les yeux dans l'expectative entre mes jambes.

Elle était parfaite.

Je savais que je n'allais pas pouvoir me retenir longtemps avec elle.

"Maintenant suce. Couvre tes dents avec tes lèvres charnues, ouais, ces lèvres qui sucent. Mmmmm ... oh ouais. Tu as été fait pour sucer des bites, tu le sais? Maintenant, ce que je veux que tu fasses, c'est de temps en temps que tu le fais, vous le sortez de votre bouche et ouvrez vos lèvres et embrassez ma tête ».

Elle a fait ce que j'ai demandé, mais ce n'était pas l'effet que je recherchais.

"Non ainsi non." J'ai soulevé ma bite et l'ai guidée sous son cou, puis j'ai incliné son visage vers le haut. "Pucker ces grosses lèvres et ouvrir un peu la bouche."

Elle a fait.

La tête de ma bite était maintenant encadrée par ses lèvres de rouge à lèvres ridées.

C'était parfait.

"C'est beau, maintenant je veux le voir sortir de ta mâchoire. Merde, non, pas comme ça. Laisse-moi t'aider."

J'ai tourné la tête pour que sa mâchoire dépasse de ma bite.

Ses lèvres épaisses étaient enroulées autour de mon membre.

Dieu, elle était si sexy.

«Regarde-moi, Gloria.

Elle m'a regardé avec ces grands yeux verts, alors qu'elle léchait le dessous de mon membre avec sa langue de velours.

"Putain, tu es sexy. Je parie que ton copain veut que tu lui fasses ça comme ça tout le temps," lui dis-je, faisant rougir ses joues. "Allez bébé, je suis prêt à jouir maintenant. Suce-moi. Suce-moi fort et vite et coupe mes couilles."

Elle est descendue sur moi, me baisant avec sa bouche chaude.

Il était évident qu'elle avait fait cela avant, et à plusieurs reprises, et était tombée dans un rythme.

Cependant, il voulait que ce soit sa tâche habituelle.

Il allait en faire la reine des pipes avant qu'elle n'obtienne un autre travail.

«Plus vite Gloria, plus vite», lui ai-je insisté, gardant ses cheveux hors de ma vue pour que je puisse la voir en action. "Suce, suce, suce, je ne t'entends pas sucer."

Sa bouche a sucé et coulé, alors qu'il accélérait et abaissait ma bite.

J'ai senti le sperme monter.

Je lui ai presque dit "attendez, arrêtez je vais venir". Tu peux le créer? J'avais tellement l'habitude de décoller avant ... Et bien la réciprocité que j'ai presque oublié que je n'avais pas à le faire.

"Ugh, ugh, mon fils de pute. Je suis prêt. Je suis tellement prêt. N'ose pas arrêter de sucer," la prévins-je en me penchant en arrière sur mon siège et en agrippant fermement les accoudoirs.

Putain, ça allait être génial.

J'ai senti ma bite gonfler et devenir encore plus forte.

Mon sperme est sorti.

Merde, elle m'a fait jouir comme si j'étais une adolescente.

Mes couilles se vidèrent, pompant mon jus chaud dans sa bouche.

Elle émit un son inconfortable, mais continua de sucer avec diligence.

J'ai sorti ma bite de sa bouche doucement.

Ses lèvres étaient fermées et une partie de mon sperme s'infiltrait entre ses lèvres pincées.

"Ouvre ta bouche pour que je puisse le voir." M'a dit.

Son visage était rouge vif et ses yeux devenaient larmoyants.

Il ne voulait clairement pas, mais à la fin il ferma les yeux et ouvrit la bouche.

"Laisse-moi voir ta langue. Wow, je t'ai certainement donné une bonne charge n'est-ce pas? Je ne suis pas venu comme ça depuis longtemps," dis-je. «Vas-y, tu sais où il va maintenant. Par la trappe.

Il grimaça, revêtit le visage souriant le plus mignon que j'aie jamais vu et l'avala.

CHAPITRE 4

«Tu es une merveilleuse chérie. Maintenant nettoie ma bite et remets-la dans mon pantalon. Après ça, tu peux te nettoyer.

Elle obéit silencieusement, évitant mes yeux tout le temps, comme si elle était une étrangère, ce qui me convenait.

«Pouvez-vous commencer demain? J'ai demandé.

"Oui monsieur," hurla-t-elle presque.

"Bien," dis-je en sortant mon portefeuille. «Je vais te donner ma carte de crédit et je veux que tu ailles t'acheter des vêtements sexy. Par sexy, je veux dire serré, court et fin et non, je le répète, ne les achète pas dans les magasins discount. Nouvelles culottes et soutiens-gorge avec les mêmes spécifications. Je me fiche de ce que portent les autres femmes ici, tu porteras des bas et des talons au travail, tous les jours. Si je dois te regarder huit heures par jour, je m'attends à voir quelque chose d'intéressant en vue. D'accord?

Elle hocha la tête, prenant ma carte de crédit.

«Souris chérie, j'attends des sourires et une attitude amicale si tu vas travailler ici», dis-je. "Et un merci pour le poste serait bien."

Son visage s'illumina momentanément d'un sourire.

"Merci," dit-elle.

"Gardez les reçus. Vous me paierez à temps."

Dieu, c'était bon d'être moi.

Je suis dévoué à une belle fille ...

CHAPITRE 5

Deux ans plus tard...

Gloria entra dans le bureau et verrouilla la porte.

Elle était presque méconnaissable de la façon dont elle est arrivée le premier jour.

Ses cheveux étaient une masse de mèches de platine foncées.

Ses sous-vêtements avaient été sélectionnés dans le catalogue Victoria's Secret où j'ai insisté pour qu'elle achète également tous ses vêtements de bureau.

Aujourd'hui, elle portait une jupe rayée qui serrait ses hanches et se fendait jusqu'à sa cuisse.

Sous son manteau de sport ajusté, son chemisier blanc était déboutonné jusqu'au milieu de sa poitrine, révélant un soutien-gorge en dentelle et ses seins fermes et ronds.

Elle n'était pas seulement ma secrétaire, elle était devenue le fantasme de la secrétaire parfaite pour tout homme.

Il portait un sac sur son épaule qu'il posa sur mon bureau.

«Tu as l'air particulièrement sexy aujourd'hui, Gloria. Essayez-vous d'obtenir des points supplémentaires pour votre évaluation annuelle? Je lui demande. "Eh bien, je peux être influencé à la dernière minute si vous voyez ce que je veux dire. Alors donnez-moi un spectacle spécial aujourd'hui. Et vous feriez mieux d'y mettre tous vos efforts."

Parfois, je peux être un vrai salaud, non?

La vérité était qu'il avait déjà rédigé son évaluation et c'était très bien.

Le meilleur que j'ai osé lui offrir.

Gloria m'a fait un sourire spécial quand elle a posé sa main sur le bureau, ses jeunes seins fermes pendaient bas à son haut, et elle a allumé la radio très bas.

Puis il est retourné à la porte, eh bien, c'était plus comme se pavaner: un pied l'a déplacé dans l'autre, balançant ses hanches, travaillant ce cul serré et mince comme je l'aimais.

Quand elle atteignit la porte, elle empila ses longs cheveux noirs platine sur sa tête, se retourna et fit sauter la tempe de ses lunettes dans sa bouche.

Les lunettes étaient mon idée, bien sûr.

Il y a quelque chose chez une fille sexy à lunettes qui me rend dur en une minute, et c'était dur.

«M. Anderson», dit-il. "Avez-vous déjà vu mon nouveau soutien-gorge? C'est vraiment sexy. Voudriez-vous le voir?"

"Bien sûr," dis-je. "J'aimerais."

«Je ne sais pas,» dit-elle, ses doigts défaisant déjà les boutons de son chemisier. "Il est comme mon patron et tout ça. Je ne sais pas si ça ira."

"Mais tu aimes te montrer à ton patron, n'est-ce pas? La façon dont tu t'habilles tous les jours, exhibe ton corps. Tu penses que je ne sais pas ce que tu essaies de me séduire? Tu penses que tout le monde au bureau ne sait pas?" "

Je ne pouvais pas la faire rougir comme avant.

Il était le seul homme dans un bureau rempli de femmes.

Et quand Gloria s'est présentée pour son premier jour de travail dans ses costumes moulants et ses talons hauts, un silence est tombé dans le bureau alors que toutes les autres femmes s'arrêtaient et la regardaient, sachant instantanément comment la nouvelle secrétaire avait obtenu son travail et comment elle avait l'intention. garde le.

Oh, comme Gloria rougit à la chaleur de leurs regards.

J'étais à genoux dans mon bureau en quelques minutes.

Gloria était assise sur le bord de mon bureau avec ses longues jambes croisées.

Sa jupe remontait montrant le haut de ses bas et son bracelet à la cheville.

Elle écarta son chemisier, révélant son soutien-gorge.

C'était presque transparent: je pouvais facilement voir le contour de sa tétine rose à travers le tissu.

"Pensez-vous que c'est joli ?" elle a demandé.

"Je ne vois vraiment pas grand chose à dire pour le moment."

Elle a enlevé son chemisier et bercé son corps au rythme de la musique.

«Pouvez-vous bien le voir maintenant, M. Anderson?

"Ça a l'air bien pour l'instant Gloria," lui dis-je. "Mais je me demandais. Est-ce que tu portes une culotte assortie ?"

"Comment as-tu deviné ?"

Mais vous savez, aussi amusant que c'était de jouer au jeu innocent patron-secrétaire, ce n'était pas ce que je voulais aujourd'hui.

CHAPITRE 6

"Gloria, et si nous arrêtions cette performance innocente et que vous sautiez sur le bureau. Je veux que vous soyez méchante aujourd'hui. Je veux que vous me jetiez cette merde au visage," dis-je. "Oh, et n'oubliez pas d'enlever vos talons. J'ai encore des égratignures de la dernière fois.

Il rougit finalement un peu.

Elle aimait jouer l'innocente ou même la séductrice, mais jamais la strip-teaseuse.

Heureusement pour moi, je ne l'ai pas payé parce qu'il aimait son travail.

Souriant, je l'ai regardée enlever ses talons et puis je l'ai aidée à monter sur le bureau.

Ecoute, je peux être gentille aussi.

Elle portait des bas et ne voulait pas qu'elle glisse en essayant de monter sur le bureau.

J'ai mis la radio sur quelque chose d'un peu plus sympa, du hard rock ...

Comment approprié.

Il a dansé, pour moi, bougeant son corps sur mon bureau.

Elle s'écarta et retira les bretelles de son soutien-gorge.

Quand elle s'est retournée, elle a tenu le soutien-gorge en coupe contre ses seins, le repoussant de manière séduisante.

Ses seins galbés pendant comme des fruits frais, avides de récolte.

«Allez, Gloria,» je l'ai exhorté. "Ça marche pour moi. Tu sais combien j'aime ça."

Elle devrait le savoir maintenant après deux ans.

Je l'ai emmenée dans les bars après le travail, pour qu'elle puisse voir comment les pros l'ont fait.

Après cela, je l'ai aidé dans sa pratique, et lui ai donné mes propres suggestions sur la façon dont il pourrait l'améliorer.

Elle s'accroupit et serra les hanches, travaillant sa chatte juste devant mon visage, comme je l'aimais.

La petite bande de tissu qui était sa culotte, se glissa entre les plis des lèvres de sa chatte.

Mon Dieu, c'était une déesse et j'étais le boss le plus chanceux du monde.

"Putain, on dirait que ta chatte essaie de manger ta culotte," lui dis-je. "Allez, laisse-moi voir. Tout."

Elle se leva et accrocha ses pouces à la ceinture de sa culotte.

Se retournant, elle les abaissa un peu et se pencha devant moi pour me montrer son petit anus.

Puis de nouveau vers l'avant, jusqu'à ce que je puisse distinguer la faible trace de chatte nue.

"Merde, je suis dur comme une pierre." M'a dit. "Laisse-moi les enlever pour que je puisse voir ta petite chatte."

Elle s'assit et posa ses pieds recouverts de bas sur mes genoux.

Alors que je travaillais pour la retirer de sa culotte, elle a massé ma bite à travers mon pantalon avec ses pieds.

La chatte de Gloria avait l'air si attrayante.

Ses lèvres humides et rasées s'entrouvrirent, montrant son excitation.

Au-dessus d'eux se trouvait un petit triangle de cheveux de deux pouces de long sur un pouce de large.

La taille même de son triangle pubien faisait partie de ses règles de travail non écrites, tout comme l'anneau nombril qui brillait sur son ventre.

"Écarte ces jambes, bébé," je l'exhorte. "Je veux aussi voir l'intérieur."

Un petit hoquet s'échappa de ses lèvres, alors qu'elle écartait les jambes et remontait ses hanches.

Sa chatte, si humide et douillette.

Pensait-il qu'il ne l'avait pas encore foutu?

Aussi incroyable que cela puisse paraître, c'était vrai.

Elle a eu ma pipe tous les jours et parfois deux fois par jour, mais je ne suis jamais entré dans sa chatte.

À en juger par certains de ses regards déçus et son état manifestement excité, j'aurais pu entrer en lui plusieurs fois si je l'avais voulu.

Mais regardons les choses en face.

Il avait des fellations quand il le voulait et une relation totalement simple.

La dernière chose qu'il voulait faire était de tout gâcher et de le ruiner.

"Fais demi-tour," lui dis-je. "Je veux te baiser la bouche."

Ses yeux ont supplié, "S'il vous plaît, pouvons-nous faire autre chose?"

Mais elle se retourna docilement, pencha sa tête en arrière sur le bord du bureau, et ses cheveux tombèrent en cascade sur mes genoux.

Ses grands yeux verts étaient grands et imploraient: "Ne fais pas ça aujourd'hui."

Mais c'était sa journée annuelle d'évaluation après tout, et elle n'avait aucune intention de lui faciliter la tâche.

C'est pourquoi je voulais baiser sa bouche; quelque chose qu'il gardait comme punition.

Oh, je sais, elle préfère se mettre à genoux et me faire du bien et elle me ferait du bien.

Elle était experte en battements de langue, en succion de balles, en baisers courts, en massage de la langue, en taquineries urétrales, en poing tordu.

Comme je l'ai déjà dit, il était le patron le plus chanceux du monde.

Je me suis levé et j'ai mis mon pantalon et mon boxer à genoux.

Elle a ouvert la bouche et a fait de son mieux pour niveler sa gorge en poussant sur ma bite.

"Écarte ta chatte pour moi," ordonnai-je. «Je veux voir cette chatte humide pendant que je te baise la bouche.

Elle grogna et le souffle d'air chaud chatouilla mes couilles alors qu'elle séparait docilement ses lèvres de sa chatte.

J'étais au paradis.

J'ai poussé sa bouche d'un seul coup jusqu'à ce que mon pubis touche son menton.

Il pouvait sentir sa nausée involontaire à l'intrusion.

Oh comme il détestait ça.

Pas tellement parce que c'était inconfortable, mais parce qu'il ne pouvait pas bien parler quand il avait fini et que cela provoquait également des stries rouges de chaque côté de son rouge à lèvres.

C'était embarrassant pour elle et elle faisait de son mieux pour éviter les autres quand tout était fini.

Et même si elle allait très bien, étant le salaud que je suis, elle appelait généralement l'une des autres filles qui travaillaient avec elle pour lui demander un rapport quand elle avait terminé.

Rien que d'y penser a fait bouillir le sperme dans mes couilles.

Putain, j'ai repensé au match de basket que j'avais regardé la veille, travaillant sur toutes les possessions, pensant à autre chose, pour éviter de venir trop tôt.

Je voulais savourer l'instant.

Quand j'ai repris le contrôle, j'ai accéléré le rythme.

Sa respiration devenait de plus en plus difficile.

Gloria tenait toujours les lèvres de sa chatte ouvertes, mais maintenant un doigt dansait sur son clitoris en petits cercles.

"Vous savez comment faire mieux," lui dis-je. "Joue un peu avec tes mamelons."

Nous étions ici pour mon plaisir, pas pour elle.

Je sentis son grognement de colère vibrer contre ma bite.

Ses longs ongles peints en rouge se déplaçaient vers le haut, se rétrécissaient et tiraient sur ses mamelons.

Merde!

Je devais penser à la performance d'arbitre la plus foutue du match d'hier juste pour reprendre le contrôle de mon esprit.

Je l'ai attrapé plus vite.

Sa gorge était serrée autour de ma bite.

Sa respiration se coupa.

Putain, putain.

J'ai essayé de repenser au match de basket, mais je ne pouvais plus.

Merde, j'allais jouir sans remède.

Mais avant que je puisse, elle a attrapé ma bite et l'a sorti de sa bouche et s'est assise.

"Putain de quoi!" J'ai presque crié, oubliant momentanément où nous étions.

Elle toussa et essuya la salive de ses lèvres, et pointa un doigt sur mon visage.

"Je ne peux plus faire ça," dit-il, sa voix rauque, rauque de ma dévastation dans sa gorge.

"Quoi?" J'ai été étonné "Avez-vous une autre offre d'emploi? Avez-vous emménagé avec un idiot?"

"Non," dit-elle. «Ecoute, je sais que tu m'as donné de mauvaises références sur moi-même... et tu penses que je ne sais pas comment j'ai toujours l'air d'avoir des heures supplémentaires quand je sors avec quelqu'un. Ou comment tu te présente tout d'un coup chez moi pour vérifier si je suis avec quelqu'un. Quel genre de choses étranges juste pour s'assurer qu'il ne trouve pas un moyen de sortir de notre accord? "

"Regarde" merde, j'étais dur et j'avais besoin de venir. La dernière chose que M. Polla ou moi voulions, c'était une dispute. "Je sais que je peux parfois être un connard, mais j'ai pris soin de vous, n'est-ce pas? J'ai pris un risque alors que personne d'autre ne l'aurait fait. Vous êtes l'une des secrétaires les mieux payées ici mais la mieux payée. Et le jour du secrétaire, qui toujours avez les meilleurs cadeaux?

«Je m'en fous de ça», dit-il. Dieu; elle était vraiment folle. "Cet arrangement est déjà nul. Et nous allons devoir le résoudre avec autre chose."

Il voulait sourire à son jeu de mots involontaire, mais elle ne semblait pas de très bonne humeur.

Ce dont je suis sûr, c'est qu'il voulait le garder.

Elle n'était pas une mauvaise secrétaire et elle était incroyablement attirante, sans parler de ses compétences orales qui s'étaient considérablement développées.

Plus important encore, M. Polla ne voulait pas que je passe à côté de la meilleure chose qui lui soit arrivée depuis que j'ai découvert la masturbation à l'adolescence.

"Et vous en voulez plus?" Je lui demande.

Je m'attendais à ce qu'elle me confronte.

Me disputer pour une pipe par semaine.

Prenez un peu de temps.

Faites-moi promettre de vous donner de bonnes références.

Au lieu de cela, j'ai été surpris quand elle s'est penchée sur la table, a écarté ces longues et belles jambes et s'est mise à ma disposition.

CHAPITRE 7

C'était évident ce qu'il voulait, mais j'étais encore un peu en colère contre la façon dont il m'avait commenté la situation.

Cela ne faisait pas de mal qu'il reprenne le contrôle de la situation.

Alors au lieu de la baiser comme un nouveau sol, j'ai taquiné son trou chaud avec la tête de ma bite.

Elle a essayé de tituber contre moi, mais j'ai reculé et repris mes taquineries.

"Gloria," dis-je. «Je ne sais pas ce que tu veux. Pourquoi tu ne me le dis pas?

Elle a essayé de se pousser à nouveau contre moi.

Encore une fois, ce qu'il voulait était évident, mais il voulait l'entendre le dire.

Elle grogna, gémit et cambra le dos.

Dieu, elle était tellement sexy.

Cependant, j'avais sucé au moins une ou deux fois par jour de travail au cours des deux dernières années.

J'avais l'impression d'être dans une bien meilleure position de force qu'elle.

Et finalement, il a été prouvé qu'il avait raison.

"Je me fiche de ces choses, j'ai juste besoin de toi à l'intérieur," haleta-t-il. "J'ai besoin de toi à l'intérieur de moi. J'ai besoin que tu me 'baises'. Putain, j'ai tellement besoin de toi dans ma chatte. S'il te plaît, je t'en supplie. Ugh, je suis ... oh, mon Dieu, je suis tellement désespérée."

C'était de la musique à mes oreilles.

"Tu avais désespérément besoin d'un travail, et maintenant tu as désespérément besoin de te faire baiser," lui dis-je, taquinant toujours sa chatte. "Personnellement, j'aime notre arrangement actuel. Mais, tu as une petite chatte chaude là-bas. Ça te dérange si je le prends comme une preuve de ton engagement à travailler?"

«Ouiiiiii! gémit-elle, alors que je la giflais et lui enfonçais ma bite dure. "Oh ouais c'est ça, baise-moi. Baise-moi fort."

"Chut," sifflai-je.

Gloria lécha quelques doigts pour étouffer ses cris alors que je accélérais le rythme.

Dieu, elle était chaude et oh comme elle était mouillée!

Ma bite brillait de son lait abondant.

Il ne fallut pas longtemps avant que je réalise que j'allais éclater en elle et que je n'étais pas encore prête.

Alors je me suis retiré et j'ai recommencé à la taquiner.

Elle gémit de consternation et essaya de reculer et de s'empaler sur ma bite.

CHAPITRE 8

"Hmm, c'était bien," lui dis-je. «Mais vous vous rendez compte qu'en mettant votre chatte en jeu, pour ainsi dire, vous mettez tout ça dedans. . . "J'ai poussé ma bite au milieu de sa chatte serrée, je me suis arrêté, puis je l'ai complètement retirée." Et je le pense. "J'ai déplacé ma bite d'environ un demi-pouce vers le haut, et j'ai poussé contre l'anus serré et plissé sur son cul." Que diriez-vous de jouer avec la partie sud? Comprenez-vous ce que je dis? Je veux goûter ton cul depuis un moment maintenant. . . Voyons quel trou je préfère. "

Gloria ne recula pas.

Au lieu de cela, elle a poussé contre moi.

"Ummm, juste ummm, oh, mon Dieu, s'il te plaît ne me blesse pas," gémit-elle.

"Cela ne devrait pas trop faire mal avec la façon dont vous êtes lubrifiée," la rassurai-je. «Essaye juste de te détendre. Et puis je l'ai enfoncée dans son anus serré.

"Oh mon Dieu. Oh mon Dieu," haleta-t-elle, luttant pour se retirer, mais mon bureau la retint.

"Gardez-le bas," sifflai-je.

Merde, qu'est-ce qu'il essayait de faire pour nous avoir?

Pour ma part, j'ai ralenti et arrêté alors qu'il était avec ma bite à moitié rentrée dans son cul.

Je dois vous dire que c'était un pur plaisir.

Serré?

Serré, ça ne commence même pas à décrire ce que j'ai ressenti quand c'était sur ses fesses.

C'était comme se faire traire ma bite par un gant de velours affamé.

Je l'ai pris quelques fois, très lentement.

Ralentissez et ralentissez.

Il suffit de le diviser par deux à chaque fois.

J'aurais aimé en faire plus, mais Gloria faisait trop de bruit, même avec trois doigts serrés dans sa bouche.

Soyez juste patient, me suis-je dit.

"Tu as un petit cul chaud, Gloria," dis-je en sortant sa bite. "Je vais devoir refaire ça. Oui, évidemment."

Ses fesses étaient si mignonnes et son anus était distendu et rouge.

Je l'ai touché avec mon doigt, la faisant haleter, juste pour m'amuser.

Ensuite, je me suis déplacé autour du bureau et ai sorti ses doigts de sa bouche.

Elle savait ce qu'elle voulait, mais tourna la tête sur le côté, essayant de l'éviter.

"Allez Gloria," dis-je. "Par tous les trous bébé. Sinon, comment vais-je savoir quel trou je préfère? De plus, je vais devoir venir ici avant de revenir là où tu veux que je le mette. Tu vois ce que je veux dire, non?"

Elle a examiné ma bite avec un air de dégoût, mais à la fin, elle la voulait dans sa chatte plus qu'elle ne voulait la sucer.

À contrecœur, il ouvrit la bouche et la prit.

Je lui ai tenu la bouche pendant quelques minutes, puis je me suis reculé et suis retourné de l'autre côté de la table et l'ai retournée.

Sa chatte était de la hauteur parfaite.

J'ai sauté les jeux et poussé ma bite rudement contre elle.

Je lui ai pilonné la chatte au rythme de la musique.

Elle voulait qu'ils sachent qu'elle avait été baisée.

Gloria grimaçait et gémissait à chaque poussée.

"Joue avec ta chatte et suce tes doigts bébé," lui dis-je. "Je me prépare à jouir et je veux des bonbons pour les yeux."

Et je m'approchais vraiment de jouir et aucune quantité de jeu imaginatif ou de réflexion sur le rapport que je devais livrer dans une heure n'allait le retarder davantage.

«Prends-tu la pilule, Gloria? Ai-je demandé, me forçant à ralentir un peu.

Elle secoua la tête.

"Non," murmura-t-elle.

"Mais tu veux que je vienne en toi, non?" J'ai demandé.

Elle secoua la tête, mais ce n'est pas ce qu'elle a dit.

"Oui," siffla-t-elle.

Ce n'est qu'un murmure.

"Alors dis-moi," ai-je insisté. «Dis-moi où tu le veux. Dis-moi ce que tu veux, sale voleur.

"Je le veux dans ma chatte ... Je veux que tu viennes en moi."

Ses mains ont attrapé mes fesses et m'ont poussé fort en elle.

"Je t'ai dit d'arrêter de jouer avec cette chatte?" J'ai demandé.

Elle secoua la tête et abaissa ses mains vers son entrejambe, reprenant le vieux cercle autour de son clitoris.

«Plus vite,» ai-je demandé et avec un hoquet, elle obéit docilement.

Mon rythme s'est accéléré.

Merde, je me rapprochais et elle était tellement belle.

Et le contrôle qu'il avait sur elle rendait la situation encore plus chaude qu'elle.

C'était ma secrétaire, ma dernière secrétaire.

Les bas, le bracelet de cheville, l'anneau d'orteil, l'anneau de nombril, les ongles longs et les cheveux foncés en platine étaient tout pour moi.

Cela aurait dû être suffisant pour n'importe quel homme, et pourtant il en voulait plus.

«Je veux que tu ailles à la clinique après ça et que tu obtiennes une prescription pour la pilule, d'accord? Je l'ai attrapée par les tétons et l'ai tirée.

"Oui," haleta-t-il.

"Si ce?" J'ai demandé.

"Oui, mmm. M. Anderson."

«Ils ont besoin d'un examen pour ça, non, Gloria? M'a dit.

Oh ouais, le sperme augmentait maintenant.

Ça allait être bientôt.

«Oui, M. Anderson.

«Je veux que tu y ailles quand j'aurai fini de te baiser, tu comprends?

"Uhhmm, oui monsieur, M. Anderson."

Ses longues jambes s'enroulaient autour de ma taille, me tirant vers elle à chaque poussée.

Sa chatte me serra fort.

«Qu'est-ce qu'ils vont penser de toi qui te présente avec beaucoup de sperme, hein Gloria? Et tu ferais mieux de ne pas t'asseoir sur le chemin à moins que tu ne veuilles laisser l'endroit vraiment humide», dis-je.

Je pouvais sentir mes couilles spasmes.

Je ne pouvais plus me contenir, c'était en elle ou en elle.

"Ugh. Je vais arriver ... où le veux-tu? Où le veux-tu?"

Ses yeux étaient fermés et son visage tordu de passion.

"Sur moi! Sur moi! Oh mon Dieu! Oh mon Dieu! Sperme sur ma chatte! Dépêche-toi ... putain, putain je vais aussi!" gémit-elle.

Jésus, elle était bruyante.

J'ai couvert sa bouche avec ma main pendant que je continuais à la baiser, pompant giclée après giclée de sperme dans sa chatte serrée.

Je l'ai baisée aussi fort que possible, jetant des papiers du bureau au sol.

Gloria se tordit sous moi comme un bronco, soulevant ses fesses du bureau, alors qu'elle tenait ma forte emprise entre ses fortes cuisses.

Je me sentais faible quand j'ai fini, mais il restait encore beaucoup à faire.

Quand je suis sorti d'elle, j'ai posé sa main sur sa chatte.

«Supportez tout cela», ai-je ordonné.

Puis je l'ai aidée à mettre sa culotte.

Quand il a bougé sa main, mon sperme coulait, tachant son entrejambe.

«Vous n'allez pas me forcer sérieusement à faire ça, n'est-ce pas? elle a demandé.

"Oh ouais," dis-je. "Tu le feras. Et puis tu me raconteras tout ça ce soir."

"Cette nuit?"

"Oui," dis-je en l'embrassant. "Ce soir quand je te baise encore."

"S'il vous plaît," supplia-t-il. "Ne m'obligez pas à faire ça ... ils vont le découvrir ... et ils vont le répandre. Oh, mon Dieu, ils verront tout. Que penseront-ils?" Il baissa les yeux vers le sol, refusant de me regarder.

"Ils penseront que vous venez d'avoir la baise de votre vie."

"M-mais qu'est-ce que je vais dire?"

Je levai le menton, la forçant à me regarder dans les yeux.

"Vous direz: Oui monsieur, M. Anderson."

Il mordit une lèvre tremblante.

Ses grands yeux verts étaient larges comme des soucoupes.

«Oui monsieur, M. Anderson.

«De plus, je suis sûr que vous penserez à 'quelque chose' à dire au médecin ou à l'infirmière. Dites-leur que vous êtes tombé et que vous avez atterri sur la bite de votre patron sur le chemin du déjeuner,» lui dis-je en lui tapotant les fesses en marchant. docilement à la porte.

Oh oui, être patron a ses privilèges.

FIN

www.ingramcontent.com/pod-product-compliance
Lightning Source LLC
LaVergne TN
LVHW040943150826
845672LV00002B/514

* 9 7 9 8 2 3 0 8 1 8 6 2 5 *